최인훈 소설의 불교적 성격

김상수

국학자료원

글머리에

1979년이 다 저물어가던 12월 중순 경으로 기억한다. 나라는 이른바 10·26과 12·12 사태로 뒤숭숭하기 이를 데 없었지만, 개인적으로는 대학입학을 위한 예비고사를 치르고 본고사 시험일을 기다리던 19살이 저물어가던 때이기도 했다.

태어나던 해, 즉 1961년, 5·16 군사정변으로 집권한 유일한 통치자에 의하여 20여 년 간을 밀어붙여왔던 정치체제가 그의 갑작스런 죽음으로 온통 혼란으로 뒤덮였던 시기였으니만큼, 입시준비를 위한 공부는 손에 잡히지 않았고 시간 메울 일이라고는 어릴 때부터 탐닉하던 소설읽기에나 열중할 따름이었다. 『한국단편문학대계』니 『세계문학전집』 등등이나, 『삼중당문고』니 『동서추리문고』 따위의 여러 출판사들이 내놓은 보급형 문학전집류를 다시 읽고 또 읽었다. 당시만 해도 단행본 출간은 지금 같이 다양하지 못했고 문학잡지들도 구해보기 쉽지 않았다. 또한 1970년대 말이었기에, 조명희, 최서해, 박태원, 홍명희 등등 월북했거나 좌익 쪽으로 분류된 작가들은, 평범한 중고등학생으로는 이름도 들어보지 못했을 정도로 말살되어 있었으니 그들의 작품들은 전혀 읽을 수가 없었다.

어딘가 가려고 정류장에서 버스를 기다리던 중, 그 앞에 있던 서점의 큰 창을 통해서 소설 한 권이 눈에 들어왔다. '文學과知性社' 刊 崔仁勳全集 1, 『廣場/九雲夢』이 바로 그것이었다. 갑자기 그것을 읽지 않으면 한 발짝도 뗄 수 없을 것 같은 이상한 호기심에 휩싸였다. 답답한 마음이 '광장'을 갈구했고 비루한 현실의식이 '아홉 개나 되는 뜬구름 같은 꿈'을 그렸던 것일까. 이른바 인연因緣이 생기生起한 것이었다고나 할까. 바로 들어가 구입한 것은 아마도 1976년 전집초판본이었을 것이다. 그러나 그 책은 어디론가 없어져버렸고(어쩌면 누군가에게 꼭 읽어보라고 내주었을 것이고 당연히 되돌아오지 않았을 터), 지금 가지고 있는 것은 1983년 21쇄 발행본과 새로 구입한 2010년 7판 2쇄본, 두 권이다. 다시 책을 펴보니 1983년 판까지도 세로쓰기로 인쇄되어 있다. 교과서를 제외한 소설류들은 그때까지 거의 세로쓰기였으니 지금은 그렇지 않지만 당시는 그런 것이 읽기에 훨씬 편하고 빨랐다.

집으로 돌아와 책 앞부분에 이어지는 몇 편의 개정판 서문들을 읽었다. 그때 구입한 전집판 서문에 이르기까지 불과 십 몇 년 동안 이미 다섯 번에 걸쳐 개정이 이루어진, 이상한 소설이었다. 아무튼 「廣場」부터 읽기 시작했다. 첫 문장은 이렇다. "바다는, 크레파스보다 진한, 푸르고 육중한 비늘을 무겁게 뒤채면서, 숨을 쉰다." 한 줄에 쉼표가 세 번 들어간다. 바다는 넓고 깊은 것이 아니라, 진한 크레파스 색깔이고 육중한 비늘로 덮여 숨을 쉬고 있단다. 계속 이어지는 이야기와 표현들은, 그때까지 평생을 단지 한 가지 색깔로만 뒤덮인 세상에서 살아왔고 주로 사실적 묘사에만 익숙했던 약간 나이 먹은 소년에게는, 거의 이해하기 어려운 언어들의 연속이었다. 머리가 너무 어지러워서 겨우 절반을 채 읽지 못하고 그만 던져버리려던 차에, 무슨 인연이 다시 솟구쳤는지 뒤에 있는 소설―「九雲夢」이라도 다시 도전해보고자 하는 의욕이 일었다.

그 도전은 충격이었다고밖에는 더 설명할 길이 없다. 적어도 그때까지 읽었던 소설과는 전혀 다른 소설, 아니 소설이라고 말할 수 있을 지도 잘 모를, 그런 이야기였다. 다시 앞에 있는「廣場」을 읽기 시작했다. 지금 기억나는 것은 거의 이해하지 못하는 이야기를 읽고 또 읽었다는 것뿐이다. 그리고 다음 작품들을 읽어나갔다. 그렇게 최인훈 소설 읽기는 시작했고 35년이 지난 지금도 이어지고 있다.

그의 소설들에 대하여 수많은 석학 문학가들이 연구하고 분석해서 내놓은 훌륭한 글들은 꾸준히 쌓여왔고, 그의 소설들이 가진 여러 의미와 그 영향에 대한 다양한 고견도 산적해있다. 그러나 분명한 것은 단지 스물 몇 해 먼저 이 땅에 태어나서, 하나의 한국인으로 존재한다는 것, 그렇게 살아가야 하는 것은 도대체 무엇인가에, 나아가 그것을 문학적으로 어떻게 형상화해야 하는 것인가에, 골몰히 파묻혀 있는 것만을 오로지 공감해왔다. 그리고 그의 글 속에 항시 고뇌하며 내재한 한국적 존재라는 모습을 들여다보면서, 마치 거울을 보듯 자신의 존재를 추적한 시간들을 하나의 새로운 바탕으로 어쭙잖게 정리해본 것이 바로 이 어리고 엉성한 글이다.

최인훈에 경도되어 전공을 문학부로 정한 뒤, 몇 번의 낙방 끝에 불문과에 입학했다. 중앙대학교 시절 처음으로 까뮈의『이방인』을 강독해주신 한국교원대학교 권오룡 교수님을 언제나 기억한다. 학사 논문과 석사 논문을 선뜻 지도해주신 서울대학교 사범대학 이형식 교수님은 한 문학 소년을 문학도로 키워주셨다. 그 가르침들에 비하면 모든 면에서 너무나 부족한 것이 항상 송구스러울 따름이다. 그나마 문학도를 자처해온 것은 모두 선생님들에 대한 작은 보은이라고 생각했기 때문이다. 파리 10대학 박사과정에서 아나톨 프랑스를 지도해주셨던 제르보 교수님과 보들레르를 강의해주셨던 마송 학장님을 통해 문학에 대한 시야를 조금이나마 넓힐 수 있었다.

그러나 불문학에서 한국적 정체성을 찾는 것에 스스로의 능력이 부족하다는 것을 갈수록 절감하였고, 1990년 파리대학교 박사과정을 중단하고 한국으로 돌아와 그저 한 사람의 생활인이자 사회인으로 살았다. 문학의 한 본령이 인간성을 탐구하여 그것의 본질과 전모를 밝혀보는 것이라면, 학교 안에서는 활자로 된 문학만을 알았지만 그 밖에서는 정말 생생하게 살아있는 인간군상을 겪어왔으니, 문학연구는 언제나 진행 중이었다고 변명할 수 있다.

그러던 차에 경주 동국대학교 불교학과 김성철 교수님의 권유로, 학업을 중단한지 거의 20여 년이 넘은 2011년, 같은 대학교 국문과 박사과정 현대문학전공에 입학하여 현대소설전공 곽근 교수님을 지도교수로, 평론가 김선학 교수님, 시인 윤석성 교수님과 고전문학가 이임수 교수님께 수업을 듣고 학위논문을 준비하였다. 2014년 초여름 이나마 부족한 글을 내놓을 수 있기까지 전적으로 교수님들의 덕분임은 말을 보탤 필요를 느끼지 못한다. 물론 지금은 작고하셨지만 오랜 병석의 어머님을 비롯하여 아내와 아들의 후원과 이해가 없었다면 역시 엄두도 내지 못했을 것이다. 그리고 여러 친우들의 한결같은 믿음도 감당치 못할 지경이다. 몇 마디라도 깊이 고맙다는 말을 덧붙인다.

이 책은 2014년 1학기 동국대학교 대학원 국어국문학과 박사학위취득논문「최인훈 소설의 불교적 성격 연구」를 다시 엮은 것이다.

이 연구는 '전후 최대 작가'라는 평가를 받은 최인훈 소설에 담긴 불교적 성격을 밝히는 것을 목적으로 한다. 최인훈 소설에 대한 그동안의 연구들은 다양한 관점을 보여주었으나 근저를 떠받치는 특성에 대한 제시는 부족하였다. '최인훈 소설의 불교적 성격 연구'는 바로 이러한 결핍에 대한 하나의 문학적 응답이다. 여기서 '불교적'이라는 의미 역시 종교적 교의宗敎的 敎義나 종파적 교조宗派的 敎條에 의거한다기보다는 가장 원형적인 불교 개념에 의지하고 있다. 또한 최인훈 소설에 담겨있는 불교성佛敎性과 그 궤를 같이한다.

소설을 읽는다는 것은 소설 속에 내재한 작가의 또 다른 자아를 만난다는 것이다. 그 소설 속 자아와 독자의 자아가 서로 만나 공명을 일으킬 때 작품의 새로운 내적 세계가 수립된다고 할 수 있다. 최인훈이 소설쓰기를 통하여 끊임없이 탐색하고자 했던 한국인으로서 산다는 정체성과 우리 전통의 양상이란 어떤 것이었을까. 그의 소설 내부에 흐르는 익숙한 정서의 흐름을 감각적으로 느낄 수 있는 바, 한국인이라면 누구나 자연스럽게 육화된 불교적 감성이 바로 그것이다.

그의 대표작『광장(廣場)』에서는 윤회와 인연의 상징으로 볼 수 있는 '갈매기'가 등장하고, 남북한을 밀실과 광장으로 치환한 것은 소승小乘과 대승大乘을 연상시킨다. 남북한 송환을 거부하고 중립국 인도로 향하는 것은 용수보살龍樹菩薩의 중론中論사상을 연상시킬 수 있으며,

남북한 두 가지 이데올로기적 극단의 비판적 탈피를 의미한다. 또한 인도는 불교적으로 볼 때 천축 또는 서방정토西方淨土이기도 하다. 남북한을 오가며 전쟁을 겪은 뒤 중립국 인도를 선택한 주인공의 행적은, 사바세계娑婆世界에서 온갖 고행을 헤쳐 나아가며 반야바라밀다 − 도피안到彼岸을 지향하는 여정과 결국 다름없다.

　『회색인(灰色人)』과 『서유기(西遊記)』에서는 일제강점과 동족상잔으로 인하여 전통이 유실되었음과 한편으로는 불교가 어떻게 한국인에게 육화肉化되었는가를 이야기하고, 마침내 한국인이 재발견해야 할 것은 천 수백 년 이어온 불교전통이라고 제시한다. 『소설가 구보씨의 일일』에서는 광복과 분단, 한국전쟁을 통해 피난과 실향을 경험한 주인공을 통하여 인생이란 고해苦海일 뿐이라는 것을 절실히 보여준다. 소설 『화두』에서는, 문학이라는 화두를 품고 일생을 글쓰기에 매진해 온 작가가 그 화두를 품은 일생 자체를 '저 언덕' 열반涅槃에 다다르려는 수행과 고행이었다고 토로한다.

　중편 『가면고(假面考)』는 해탈을 간구하는 주인공이 결국 공관空觀을 깨달아 그 욕망을 버림으로써 원하는 바를 얻는다는 불교적 구원의 이야기이다. 또 다른 중편 『구운몽(九雲夢)』은 꿈과 생시를 구별하지 않는 형태를 통해 삶과 죽음을 반복하는 윤회를 상징하고 있다. 단편 「웃음소리」에서는 죽기를 각오한 주인공이 삶과 죽음을 구별하지 못하고, 들리지 않았던 웃음소리를 들었다고 믿음으로써, 삶과 죽음, 있음과 없음, 즉 색色과 공空이 다르지 않음을 깨닫는다. 이로써 주인공

'그녀'는 색즉시공色卽是空의 작은 실체를 감득하여 '평상심平常心의 열반'을 얻는다.

　요컨대, 한국 현대사의 격랑에서 무기력하게 부유할 수밖에 없었던 작가의 일생은 그의 소설 속에 그대로 투영되어 있다. 인생이란 그대로 고해일 뿐이며 그 고해를 헤쳐 가는 고행의 방편으로 소설쓰기를 해왔다는 것이다. 소설쓰기가 곧 고해에 떠서 존재해온 고통스러운 기억의 재현이고, 그 고행의 역정歷程은 그 자체로서 '일체유심조와 평상심'의 열반을 지향하는 것이다.

　작가 최인훈의 초상肖像은, '남북조 시대를 살아가는 한 문학예술가의 초상'이자 구도를 향한 수행자의 초상이고, 동시대 한반도에서 태어나 살아온 우리 한국인의 초상이면서, 인류 역사라는 두터운 사진첩에 한 장으로 남을, 바로 그 초상이다.

차 례

I. 머리말

1. 연구목적

본 연구는 최인훈 소설에 담긴 불교적 성격을 밝혀 새로운 작품 해석을 제시하고자 한다. '전후 최대 작가'[1]라는 평가에 따른 기존의 다양한 연구에 더하여 전반적인 최인훈 소설에 대한 또 다른 작품성의 실재를 드러내려는 시도라 할 수 있다.[2]

최인훈 소설에 대한 그동안의 연구들은 다양한 관점으로 최인훈 소설을 해석하였으나, 전체를 포괄하거나 근저를 떠받치는 일관적인 특성에 대한 제시는 다소 부족한 부분이었다. '최인훈 소설의 불교적 성격 연구'는 바로 이러한 결핍에 대한 하나의 문학적 응답으로 시도하는 것이다. 여기서 '불교적'이라는 의미 역시 종교적 교의나 종파적 교조에 의거한다기보다는 가장 원형적인 불교 개념에 의지하고 있다. 최인훈 소설 속에 산재하는 '불교적'이라는 의미와도 그 궤를 같이 하는 개념이라고 할 수 있을 것이다.

---

1) 김윤식 · 김현, 『한국문학사』, 민음사, 1973, 251쪽.
2) 다만 분명한 것은 대다수의 비평가나 문학 연구자들이 최인훈을 좋든 싫든 거론하고 있다는 점이고 그만큼 그는 우리 문학사에서 중요한 작가라는 사실이다. 그런데 아쉽게도 최인훈의 소설을 완전히 장악하고 있는 해석이 드물고 아직도 각각의 작품들의 관련성을 밝혀낸 연구물들이 부족하다. 김인호, 『해체와 저항의 서사—최인훈과 그의 문학』, 문학과지성사, 2004, 23쪽.

그간의 연구에서3) 최인훈은 출생 이후 작가로서 자신을 세우기까지 정신적 외상에 의한 피해 의식을 가지고 있으며, 그것을 극복하는 과정이 글쓰기를 통한 자기 성찰과 자유로운 주체적 자아의 추구라고 보고 있다.4)

다양했던 최인훈 연구의 특징적인 갈래는, 비사실주의적 성향에 대한 문학이론 연구, 한국현대사의 정치적 사회적 양상 분석에 대한 연구, 인간 본질을 탐구하여 그것을 언어화하는 과정의 주체성에 대한 연구, 그리고 새롭고 다양한 소설형식의 시도에 대한 연구 등이 이루어져왔다.

한편, 김현의 「헤겔주의자의 고백」5), 김인환의 「과거와 현재」6)와

---

3) 연구자들은 최인훈이 "관념적인 작가, 이데올로기를 비판하는 작가, 인간 존재의 본질을 탐구하는 작가, 혹은 다양한 형식을 실험하는 작가"라는 점에는 쉽게 동의하지만, 저마다 다른 관점과 입장에서 최인훈 문학에 접근하는 특징을 보인다. 최인훈 문학 연구에 자주 등장하는 주제어로 '주체성', '근대성', '예술론', '관념성', '실험성', '환상성', '정체성', '전후소설', '(탈)식민주의', '사랑', '여성', '패러디', '정신분석', '기독교' 등을 꼽을 수 있는데, 이 다양한 주제어들은 최인훈 문학에 접근하는 길이 얼마나 여럿인지를 짐작하게 한다. 정재림 엮음, 『최인훈, 문학을 '심문(審問)'하는 작가』, 정재림, 「치열한 자기 更新의 문학」, 글누림, 2013, 17쪽.

4) 전쟁과 분단에서 비롯된 작가의 LST 체험과 소설주체에 나타난 자아비판 체험, 방공호 체험은 정신적 외상으로 작용한다. 정신적 외상을 극복하는 과정이 자아성찰을 토대로 하는 주체성 회복의 과정이라 하겠다. 이것이 최인훈 문학의 일관된 주제이다. 정신적 외상은 작가에게는 글쓰기의 동력이 되었고, 소설 주체에게는 자아성찰을 위한 길 찾기의 계기가 되었다. 김미영, 『최인훈 소설 연구』, 깊은샘, 2005, 6쪽.

5) 김병익 · 김현 책임편집, 『최인훈』, 김현, 「헤겔주의자의 고백(告白)」(『소천 선생 송수기념논문집』 1970년), 도서출판 은애, 1979.

6) 김병익 · 김현 책임편집, 앞의 책, 김인환, 「과거(過去)와 현재(現在)」(『문학과 지성』 1977년 여름호), 도서출판 은애, 1979.

김우창의 「남북조 시대의 예술가의 초상」[7]에서 최인훈 소설의 불교적 성향에 대하여 몇 문장으로 언급한 것을 발견했을 뿐, 조사 가능한 여러 평론과 논문에서 더 이상 깊이 있는 불교에 대한 관점을 찾을 수 없었다. 최인훈 소설의 불교적 성격을 추적하여 그 의미를 밝히고자 함은 최인훈 소설에 내재된 또 다른 세계를 개진하려는 노력의 일환이다.

　　그렇다면 원(原) 헤겔로 되돌아가 좌파의 윤리(광장)와 우파의 인식론(밀실)을 지양할 수는 없는 것일까? 이러한 의문이 남는다. 이 의문은 최인훈이 숨기고 있는 마지막 패이다. 그는 이 질문에 대해서는 항상 조심스럽고 조심스럽다. 그 이유는 이렇다. 좌·우를 결합시키려는 태도는 기독교적인 것이며, 그런 의미에서 비동양적이다. 한국은 기독교적인 이념을 육화할 수 있는 국가가 아니다. 그렇다면? 최인훈은 항상 주저한다. 그가 가설로서 조심성스럽게 내세우는 것은 불교적 이념을 통한 좌·우의 지양인데, 그것 역시 뚜렷한 것은 아니다. 불교적 이념은 <새로운 인연을 만들기 위해서 낡은 인연의 끈을 푼다.>는 선에서 그치고 있다. 불교에서 이 정도의 정치학밖에 이끌어 내지 못하는 것은 그가 본질적으로는 변증법에 심취해 있는 헤겔주의자이기 때문이 아닐까? 그는 좌파인가, 우파인가? 불교적 이념의 정치학이 불가능하다면, 좌·우를 밝히는 것이 그의 앞날의 과제가 아닐까? 이렇게 생각할 때 한국의 현실은 더욱 답답한 느낌을 준다.[8]

7) 세상의 모든 것은 불성(佛性) 속에서 하나이며 이것을 인식할 때 사랑의 깨우침을 가질 수 있고 오늘날의 타락한 물질세계의 잔인성을 벗어날 수 있는 것이다. 구보 씨의 종교에의 귀의가 저 세상으로의 해탈이 아니라 사랑을 통한 이 세상의 재확인이기 때문에 아마 그의 옛 절터 방문은 현실에서 이루어지는 것이 아니라 꿈속에서 이루어지는 것일 것이다. 이태동 편, 『최인훈』, 김우창, 「남북조시대(南北朝時代)의 예술가(藝術家)의 초상(肖像)」, 서강대학교 출판부, 1999, 166쪽.
8) 김병익·김현 책임편집, 『최인훈』, 김현, 「헤겔주의자의 고백(告白)」(『소천 선생 송수기념논문집』 1970년), 도서출판 은애, 1979, 63~64쪽.

최인훈은 이 소설(『소설가 구보 씨의 일일』)의 마지막 장을 꿈속에서 만난 스님과의 대화로써 아름답게 종결하고 있다. 오늘의 혼란을 극복할 수 있는 영원한 질서로서 전통 문화의 꽃인 불교를 들고 있는 것이다. 불교의 이미지는 이 소설의 여러 곳에 되풀이되고 있다. <참 자기란 무엇인가 하는 질문을 세우고 자기란 것은 없다고 깨달은 생각의 높이와 굳세기는 이 누리의 끝에서 끝까지의 지름보다 더 강하고 크다.> <사람들은 여기(절) 와서 서로가 형제임을 안다. 임금과 거지도 비로소 알아본다. 머리에 쓴 금조각과 몸에 걸친 누더기 때문에 가렸던 동기간 표적을. 그뿐인가. 산천초목과 새·짐승까지도 한 핏줄임을 알아본다. 옛날에 씨가 달라 팔자가 다른 줄로만 알던 시절에 사람이 짐승보다 낫게 사는 길을 지켜 온 샘터가 여기다.> 이와 같이 찬탄하는 말을 최인훈의 다른 소설 어디에서 대할 수 있겠는가? 나는 최인훈이 불교에 복귀한 것을 동경(同慶)해 마지않는다.9)

처음 인용한 김현의 지적은 1970년에 이미 표명된 최인훈의 불교적 성향에 대한 언급인데, '불교적 이념'을 불가능한 정치학으로만 국한하였다는 점에서 그 한계를 보인다. 정녕 최인훈이 보여준 것이 이 정도의 불교적 이념만을 상정想定하고 있는가 하는 의구심이 그 한계에 대한 새로운 탐구를 불러일으킨다.

또한 되풀이하여 등장하는 '불교의 이미지'가 오로지『소설가 구보 씨의 일일』에만 담겨있을까 하는 호기심과 작가가 소설쓰기의 막바지에 이르러 마침내 불교에 복귀하였다는 점을 같이 기뻐한다는 것에 대해서는, 최인훈 문학에서 하나의 일관적 주제로서 그 '불교적 이미지' 내지는 '불교적 성격'을 다른 작품들에서도 추적해보려는 의욕을 자아낸다.

---

9) 김병익·김현 책임편집, 앞의 책, 김인환, 「과거(過去)와 현재(現在)」(『문학과 지성』 1977년 여름호), 도서출판 은애, 1979, 252쪽.

작가 최인훈은 일제강점기였던 1936년 함경북도 회령에서 태어나 어렴풋이 일제 통치와 광복을 기억하면서 유소년 시절을 보낸다. 일본식 '국민학교'를 마칠 무렵 광복을 맞이하지만, 새롭게 몰려온 이데올로기의 강요와 급변한 사회 환경을 맞이하여 그의 가족은 원산으로 이주한다. 원산 고등학교 1학년 때 한국전쟁이 발발하여 '원산폭격'을 겪고, 피난선을 타고 부산으로 월남越南하여 대학교를 다닌다. 그 이후 육군 장교로 근무하는 도중, 1959년 「그레이Grey 구락부 전말기(俱樂部顚末記)」[10]를 발표함으로써 소설가로 등단한다.

이듬해인 1960년 4·19혁명이 일어나자 이에 고무되어 『광장』을 집필, 『새벽』지 11월호에 발표하여 문단의 주목을 받기 시작한다. 이후 주요 작품으로 일컫는 『구운몽』,[11] 『크리스마스 캐럴』,[12] 『회색인』,[13] 『서유기』,[14] 「웃음소리」,[15] 『총독의 소리』,[16] 『소설가 구보 씨의 일일』,[17] 『태풍』,[18] 『옛날 옛적에 훠어이 훠이』,[19] 『화두』(1, 2권)[20] 등을 36여년에 걸쳐 발표하기에 이른다.

---

10) 『자유문학』 1959년 11월호.
11) 『자유문학』 1962년 4월호.
12) 『자유문학』 1963년 6월호부터 『현대문학』 1964년 12월호, 『세대』 1966년 1월호, 『현대문학』 1966년 3월호, 『한국문학』 1966년 여름호까지 발표.
13) 『세대』 1963년 6월호부터 연재 시작.
14) 『문학』 1966년 6월호부터 연재 시작.
15) 『신동아』 1966년 1월호.
16) 『신동아』 1967년 8월호부터 『월간중앙』 1968년 4월호, 『창작과 비평』 1968년 겨울호, 『한국문학』 1976년 8월호까지 발표.
17) 『월간중앙』 1969년 12월호부터 『창작과 비평』 봄호, 『신상』 12월호에 발표하다가, 같은 작품을 「갈대의 사계」라는 제목으로 고쳐 『월간중앙』에 1971년 8월호부터 1972년 7월까지 연재.
18) 『중앙일보』 1973년 연재.
19) 『세계의 문학』 1976년 창간호.
20) 1994년 민음사 간행.

최인훈이 소설쓰기를 통하여 끊임없이 탐색하고자 했던 한국인으로서 산다는 정체성, 그 정체성을 이루는 우리 전통의 양상이란 어떤 것이었을까. 그의 소설 내부 곳곳에 유연하게 보이는, 또는 은밀하게 흐르는, 어떤 익숙한 정서의 흐름을 감각적으로 느낄 수 있는 바, 한국인이라면 누구나 태어날 때부터 자연스럽게 몸과 마음에 스며들어와 육화된 흔적인 불교적 감성이 아닐까 추정해본다.

2. 소설 내면의 세계

　문학작품을 깊이 읽거나 성실히 감상한다는 것은, 작가가 의도한 표면적인 기술記述을 읽는 것뿐만이 아니라 작가 내면에 존재하는 또 다른 '은밀한 자아'와 '공명共鳴'한다는 의미다.[21] 자신의 작품을 완성할 때까지 작가는 자신이 태어난 어느 일정한 시대와 장소에서 직간접으로 보고 듣고 경험하고 느낀다. 그렇게 얻어진 모든 지성적이고 감성적인 노력의 총체를 작가는 작품에 쏟아놓기 마련이며, 더하여 그 전부에는 작가 자신조차 깨닫지 못하는 여러 의식과 관념을 포함한다. 따라서 그 작품의 내부세계에는 작가가 의도했든 그렇지 않았든 독자가 감지할 수 있는 수많은 은유와 상징들이 가득 흩어져 있고, 동시에 그들이 엮어내는 '주제主題'들이 그물망처럼 촘촘히 짜여있기도 하다.

　읽는 사람은 일차적으로 독자의 자격으로 작품을 접하여 그 텍스트

---

21) 프루스트는 '하나의 작품이란 작가의 일상 습관이나, 사회생활, 그의 단점 등을 통해 드러나는 자아와는 다른 별개 자아의 소산이다.' …… 작가의 이원적(二元的) 생을 수긍함에는 오늘날 테마비평가들이나, 정신분석학적 평론가들에게서도 마찬가지이며, 작품을 작가의 외형적 체험이나 획득한 정보의 기록이 아니라, 모든 사람들에게 대등하게 주어진 표면적 현상 앞에서 '특수한 실체에 사로잡힌 한 작가의 독특한 정신적 생'이라 정의하였다. 김치수 외, 『현대문학비평의 방법론』, 이형식, 「주제비평」, 서울대학교 출판부, 1983, 21쪽.

내부의 복잡한 그물을 추적하는 동안, 이 독자의 자아는 그 작품 속에서 작가의 내밀한 자아와 조우하거나 공감한다. 이런 감동적인 만남은 작품 속에 내재한 작가의 자아와 독자의 자아가 서로 부딪치며 '공명'을 촉발한다. 이 서로 울리는 감성을 바탕으로, 작품, 즉 작가의 또 다른 내밀한 자아는 독자 자신 속에서 독자의 내면 자아와 다시 어우러져 '변형'이란 과정을 통하여 새로운 모습을 생성한다. 그것을 정리하여 표현하는 것이 바로 문학연구 내지는 문예비평이라 보려 한다.[22]

일제 통치와 동족상잔, 그로 인한 남북한의 분단 그리고 자신에게 일어난 피난과 실향이란 역사적 풍랑에서 정신적 상처를 입은 최인훈은, 한국인으로서 존재한다는 것은 도대체 어떤 것인가라는 정체성에 깊은 의문을 품는다. 그에게 있어 역사는 뚜렷한 현실이었다. 그가 겪는 정체성 혼란이란 한국사 가운데서도 가장 격동했던 시기에 태어나 살아오고 있다는 현실에서 비롯되며, 유구한 역사와 전통이 굳건한 자리에 의연히 존재할 수 없다는 의식이기도 하다.

'회색의 의자'에 앉아 상념이라는 정신활동으로 혼란스런 정체성을 명확히 추구해가는 것이 곧 그의 작품 세계이고 소설 속 인물들이 걸어가는 길이다. 역사의 격변과 그로 인하여 끊임없이 일어나는 이데올로기의 혼란 한가운데에서, 현재의 자아와 그 자아를 형성하였던 전통의 뿌리를 찾아가는 글쓰기이기도 하다. 역시 마찬가지 혼란에 처한 독자와 촉발되는 맞울림도 여기서부터 시작한다.

---

22) 리샤르에 의하면 '하나의 모티브는 작품 내의 다른 모티브와 공명하기 때문에 테마비평이라는 것은 기억이 중시되는 독서'라고 한다. 그러나 그 기억은 작품 내의 어떤 요소나 현상에 대한 기억이다. 자신의 평론행위를 규정하기도 하는 그의 '공명상자(caisse de raisonnance) 축조'라는 표현은 그 훨씬 이전 프루스트가 똑같은 평론가적 목표를 가지고 사용한 표현이다. 김치수 외, 앞의 책, 27쪽.

한국 현대사와 작가 최인훈이 겪은 삶의 궤적이 불가분의 관련을 맺고 있기에, 그의 삶과 사색이 녹아있는 작품들을 대하는 순간, 동시대를 살아가는 독자들은 제각각 자신 속에 담겨진 어떤 오성과 감성으로써 공감할 수밖에 없다. 그 다양한 공감대가 펼쳐지는 여러 갈래 중 한국에서 오랜 전통으로 면면히 이어온 하나의 관념, 불교성이라는 측면을 끌어내 살펴보고자 한다.

3. 불교에 대한 최인훈의 견해

최인훈은 재직하던 서울예술대학교를 정년퇴임하면서 자신은 '일찍이 선禪에 관심이 많아 작가가 되지 않았으면 대처승帶妻僧이 되었을 것'이라고 기꺼이 언명한다.[23] 불교에 대하여 그 자체에 관해서나 작가의

23) 소설 '광장'의 작가 최인훈 서울예술대 교수(65)가 19일 오후 서울예술대 남산 캠퍼스 동랑예술극장에서 정년퇴임을 기념하는 강연회를 가졌다. 이 자리에는 재학생과 졸업생 등 300여명이 참석해 성황을 이뤘다. 77년 이 학교에 문예창작과가 신설됐을 때 부임한 최 교수는 25년 동안 이 학교 강단을 지켜왔다. 주로 문예창작론을 강의하며 많은 문인을 배출하는 데 기여했다. 최 교수는 이날 마지막 강의에서 '예술은 유희'라는 자신의 예술관을 피력했다. "예술은 겉으론 엄숙하게 폼을 재지만, 사실은 죽음에 이르는 마지막 돌격 5분 전에 휴식을 취하면서 부르는 노래와 같은 것입니다." 그는 또 새로움만 추구하고 있는 요즘의 경박한 문화를 꼬집기도 했다. "시대마다 예술은 변화하지만 새롭다는 것으로 권위가 생기는 것은 아닙니다. 예전과 똑같은 울림을 주어야 합니다. 새롭지만 또한 구닥다리여야 하는 것이죠." 그는 "여기서 들은 얘기는 예술의 천기(天機)니 절대 다른 곳에서 발설하면 안 된다" "일찍이 선(禪)에 관심이 많아 작가가 안됐으면 대처승(帶妻僧)이 됐을 것이다"는 등의 말로 청중의 웃음을 자아내기도 했다. 강의 후 그는 제자들이 '광장' 발간 40주년을 기념해 펴낸 소설집 '교실'(문학동네)을 작가 신경숙씨로부터 헌정 받았다. 이 소설집은 하성란, 마르시아스 심 등 20명의 제자 작가들이 각기 자신의 작품을 수록한 것. 최 교수는 다음 학기부터 명예교수가 되어 일주일에 3시간씩 강의를 계속할 예정이다. <윤정훈 기자> 『동아일보』「최인훈 서울예술대 교수 퇴임 강연」, 2001년 5월 20일자.

성향을 몇몇 에세이와 대담에서 직접적으로 언급한 주요 대목들은 다음과 같다.

(가) 그것 즉 종교를 나는 관념과학이라고 부르고 싶다. 불교의 완전히 합리적인 세계 해석은 놀랄 만하다. 현상을 몇 개의 요소로 귀납하고, 그 요소마저 실체를 부인하여 완전한 기능적 함수로 보고, 그 함수관계조차 실재하는 것으로는 보지 않기에 이른 불교의 이론은 인간스스로의 생리적 구조가 변하지 않는 한, 그 이상의 사색이 불가능한 극한을 완성한 것이다.[24]

(나) 제 경우 한때는 불교에 흥미를 많이 가지고 생각해본 적이 있었는데, 생각해봐야 별거 아니었겠지만, 불교에 책임이 있는 게 아니라 불교가 너무나 체계화되고 가지를 많이 치다 보니까 그것 자체가 새로운, 사람을 집중시키지 못하는 새로운 방황의 체계로밖에는 나에게 인식이 안 됐어요.[25]

(다) 전 불교적이랄 수는 있습니다만, 신자는 아닙니다. 근대 이후의 지식인이 어느 특정 기성종교의 교리에 몰입해 신자가 되기는 어렵지 않나 생각해봅니다. 제가 불교에 대한 지식이 있고 불교에서 말하는 요소들을 말하고 인정하는 것은 사실이지만 특정 종교의 신도는 아닙니다.[26]

(라) 그것은 방법의 책임이 아니라 풍속의 책임이기 때문이며, 방법은 대상에 대해 가림이 없기 때문에 바로 방법이다. 정치는커녕, 만일에 고양이가 문제라면 고양이도 비판해야 할 것이다. 『임제록(臨濟錄)』은

---

24) 최인훈, 최인훈전집 12, 『문학과 이데올로기』, 「소설을 찾아서」, 문학과지성사, 2009, 233쪽.
25) 최인훈, 최인훈전집 12, 『문학과 이데올로기』, 「하늘의 뜻과 인간의 뜻」, 문학과 지성사, 2009, 495쪽.
26) 최인훈, 최인훈전집 13, 『길에 관한 명상』, 「작가와의 대화」, 문학과지성사, 2010, 372쪽.

말한다. 안팎으로 만나는 자를 모두 죽여라. 부처를 만나면 부처를 죽이고, 스승을 만나면 스승을 죽이고, 나한을 만나면 나한을 죽이고, 부모를 만나면 부모를 죽이고, 친척을 만나면 친척을 죽여야만 비로소 해탈할 수 있다. 向裏向外 逢著便殺 °逢佛殺佛 逢祖殺祖 逢羅漢殺羅漢 逢父母殺父母 逢親眷殺親眷 始得解脫 °不與物拘 透脫自在. 관념을 방법과 풍속의 유합으로 물신화하지 않을 때 비로소 의식은 자유를 얻는다. 27)

(개)에서는 종교로 유일하게 인정하는 불교의 논리가 완벽하다고 분명히 적시하고 있다. 인간의 생물학적 두뇌 구조가 더 이상 진화하지 않는다면, '불교의 이론'이란 현존하는 가장 뛰어난 논리체계라고 극찬한다.

(내)에서는 작가 개인적으로는 불교에 대하여 상당한 관심을 가지고 있었으나, 불교가 그 본질보다 표면적이고 현상적인 체제가 복잡해져 종교적 믿음으로 받아들일 수 없었다는 것을 밝힌다.

(대)에서는 작가 자신이 '불교적'이라는 것, 즉 불교에 대한 지식과 소양을 갖추고 있음과 그것을 끊임없이 내보였음을 인정하고 있다. 그러나 근대 이후의 지식인이 신앙을 갖는 것에 대하여는 불가능하다는 견해를 피력함으로써 불교는 신앙을 바탕으로 하는 종교로서보다는 사유의 전통적 가치관으로만 간직하고 있다는 것을 표명한다.

(래)에서는 작가가 가치판단의 방법론으로 불교적 교리를 차용하고 있음을 확실하게 보여준다. 어떤 대상도 구분하지 않고 가하는 날카로운 비판을 통하여 '의식은 자유를 얻는다'고 결정한다. 불교적 방법론이 결국 작가의 의식과 인식의 보편적 방법론과 다르지 않다는 것을 여실히 드러낸다.

---

27) 최인훈, 최인훈전집 12, 『문학과 이데올로기』, 「신문학의 기조」, 문학과지성사, 2009, 192~193쪽. 『임제록』의 인용은 『소설가 구보 씨의 일일』(「제11장, 겨울낚시」, 문학과지성사, 2010, 311쪽)에도 같은 문구가 한문 원문과 그 한글 해석으로 등장한다. 각주 118) 참조.

직접적으로 표명한 불교에 대한 작가의 개념이랄까 가치관이라면, 현재까지 인류가 세운 관념적 논리체계 가운데 불교만큼 완벽한 것은 없다는 신념이다. 그래서 작가 자신은 당연히 불교적인 요소들을 인정하며 그 체계에 대한 의심이나 불만족은 전혀 없다. 그러나 불교를 종교적 신앙으로 받아들이지 못하겠다는 점을 분명히 하는데, 그 까닭은 본질의 완벽성에도 불구하고 그것을 감싸고 있는 외양이 너무 어지러워져 오히려 '새로운 방황의 체계'로 보이기까지 하기 때문이다. 더하여 '근대 이후 지식인'에게 신앙을 근간으로 하는 종교를 신봉한다는 것 혹은 교리에 몰입해 신자가 된다는 것은 거의 불가능하다는 생각을 덧붙인다. 수행자로서 승려가 되려는 생각도 재가불자로서 계율을 따르고자 하는 것도 아니지만, 불교적 관념과 논리의 방법론은 적극적으로 수용하여 스스로의 사유 방식으로 전용하기를 주저하지 않는다.

결국 불교를 신앙으로 받아들여 영적인 삶의 간구를 바라지는 않지만, 그 완벽한 관념적 논리체계만은 인정하여 그 방법론을 자신의 사유를 펼치는 데에 거리낌 없이 활용해왔다고 요약할 수 있을 것이다.

한편, 작품들 속에 나타나는 불교에 대한 개념은 작품의 발표를 거듭하면서 그 맥락을 함께한다. 즉 초기 작품들에서는 등장인물의 의견 피력으로 나타나거나 소설이 진행해나가는 가운데 별도의 삽입 형태로 불교적 사변을 내비치는 방식이었으나, 후기 작품으로 갈수록 불교적 성향 또는 불교에 대한 친밀도는 점차 그 깊이를 더해간다.

'이천 년간 투자'했던 불교는 바로 '우리의 저력底力'이며 나아가 '불교는 우리'라고 단언하는 『회색인』에서,[28] 그런 단호한 주장이 주인공

---

28) 최인훈, 최인훈전집 2, 『회색인』, 문학과지성사, 2010, 223~224쪽.

독고준의 것은 아니었으며 단지 주인공 친구가 만난 경주로 추정되는 곳에 사는 한 노인의 주장이었다.

불교가 오랫동안 견지해왔던 '자아 안'으로 물러나 고요함 속에 안주했던 정적을 깨고, '자아 밖' 또한 '자아 사이'로 뛰어나와야 한다는 변화를 촉구하는, 그 근거를 알 수 없는 방송이 흘러나오는 『서유기』[29]에서도, 『회색인』에서와 같이 아직 주인공 독고준의 사념이나 변설은 아니었다.

『소설가 구보 씨의 일일』[30]에 이르러 비로소 작가 자신으로 연상할 수 있는 주인공 구보 씨의 머릿속에서 불현듯 불교에 대한 모종의 송구스러움이 떠오른다. 외래의 물질적인 것들에 현혹되어 우리가 이미 지니고 있던 불교적 진리를 알아보고 있지 못함을, 그리고 그것을 품고 따르지 못하고 있음을 부끄러워한다.

작가 스스로 '자신이 기억하는 이야기'라고 확언하는 『화두』[31]에서, 갈 수 없는 고향 H(작가의 원래 고향인 회령으로 추정)에서 보낸 어린 시절 '할머니의 소일거리'가 기억 속에 떠오른다. 조용한 산에 고즈넉한 절이 있어 점잖은 스님들이 그 뜰을 거니는 모습, 그것은 '깊고 깊은 것이고 든든하고 든든한 것이며 아주 정갈한 것'인데, 그것은 다름 아닌 전통의 한 모습이다.

마침내 불교는 은은히 흘러왔던 전통의 한 양상으로 부각되며, 그 불교적 전통은 '내'가 다시 마음 놓고 숨 쉴 수 있는 기억들이다. 소설의 주인공인 작가 자신은 수십여 년 간 글쓰기 수행을 끈덕지게 이어와서 결국 『화두』에 다다른다. 한국인으로서 존재한다는 것은 무엇인가

---

29) 최인훈, 최인훈전집 2, 『서유기』, 문학과지성사, 2008, 320~321쪽.
30) 최인훈, 최인훈전집 2, 『소설가 구보 씨의 일일』, 문학과지성사, 2010, 12~13쪽.
31) 최인훈, 최인훈전집 15, 『화두 2』, 문학과지성사, 2008, 143~146쪽.

라는, 즉 한국적 정체성 추구라는 그간의 화두를, 불교 전통에서 드디어 명징하게 알아보는데 이르는 것이다.

최인훈 소설의 바탕은 그의 개인적이고도 역사적인 경험에서 출발한다. 누구에게나 단 한번 주어지는 생에서 아픔과 상처를 받지 않는 사람은 없다할지라도, 최대한 객관적 관점으로 살펴볼 때 그가 겪었던 시대는 반만년 한국사에서 가장 비참했던 시기 가운데 하나라고 할 수 있다. 자신과 아무 관련 없는 역사라는 것에 떠밀렸던 무기력과 개인적 자존이나 인간적 존엄이 무참히 무시당했던 참담한 기억만이 자기 삶의 전모였다.

작품 내면에서 꾸준히 흐르는 작가의 세계관은 분명하다. 일제통치(광복 후 가치관의 혼란) ― 공산치하(자아비판에 대한 기억) ― 동족상잔(원산폭격) ― 피난(피난선의 참혹한 기억) ― 실향민으로 살아가야 하는 여생 ― 요원한 조국통일. 청소년기에서 청년이 될 때까지 최인훈의 삶은, 자기 자신이나 가족들이 그들의 의지에 의하여 헤쳐 나갈 수 없었고 그저 닥쳐오는 역사적 풍랑에 이리 저리 휩쓸려 떠다녔을 뿐이다. 그 중에서도 사춘기 시절 감수성이 한창 예민했을 때, 구체적으로는 1950년 12월, 무작정 남쪽으로 향하는 한 조각배를 타고 몇 날 며칠을 걸려 삭풍이 몰아치는 거친 바다를 부유浮游하여 원산에서 부산까지 피난 나올 때의 기억은 거의 결정적이다. 그 때 그 곳에서 소년 최인훈은 생지옥을 목도한다.[32]

그 겪음은 나머지 생을 관통하면서, 현실적 삶이란 고해苦海를 무작정 떠다닐 뿐인 고단한 신세, 혹은 어떻게 헤쳐 나가야할지 막막한 고난의 망망대해로 인식하고야 만다. 현실은 무조건적으로 회피하고 외

---

32) 최인훈, 최인훈전집 14,『화두 1』, 문학과지성사, 2008, 264~270쪽.

면해야 하는 세상이었다.

신神이 있기는 있지만 인간사에 일체 관여하지 않는다는 '숨어버린 신' 때문에 인간의 삶이 비극적이라는 '비극적 세계관' 정도가 아니다. 이건 인간적인 어떤 의지나 주체성을 발현한다는 것 자체가 근원적으로 봉쇄되고 한 인간으로서 아무 것도 할 수 없다는 무력함이 초래한, 고통만 가득한 바다에 그냥 내던져졌다는, '처절하게 참혹한 세계관'이다. 작가는 자기가 태어나 숨 쉬는 세상, 즉 사바세계란, 고해에 다름 아닐 뿐이라 인식한다.

삶은 고해라는 의식을 저변에 깔고 써내려가는 작품들에서 불교적 상징이나 구성들을 찾아보기란 그다지 어렵지 않다. 고해에 살고 있기 때문에 인간적인 삶을 찾고자 하는 구도의 수행을 끈질기게 이어가야 했으며, 현실적 생활에서는 어디에도 기울어지지 않는 평정을 찾고자 한다. 인연이 생기生起하여 이 세상에 나와 자신이 자기 인생에 주인이 될 수 있는 이상적인 일생을 누리려하지만, 지금 생에서 이루지 못한 삶은 윤회의 수레바퀴에 얹혀 다음 생들을 기약할 수 있다. 결국 화두를 풀어나가는 수행을 통해 마침내 '저 언덕'에 도달하고자 하는, 불타의 가르침이 그 주요한 줄기로 뻗어나가는 것이다.

II. 작품별 불교적 성격

둘러보기

『광장』의 이명준과 '해방 그 해 북으로 간' 아버지는 연좌제緣坐制라는 부모자식 간의 '인연'으로 묶여 있다. 망망대해를 항해 중인 이명준이 줄기차게 따라오는 갈매기들을 그의 연인戀人과 그녀가 잉태한 자식으로 분명하게 인식하는 태도에서 '윤회'를 기정사실화한다.

광장과 밀실, 어디에도 머물지 못하는 이명준은 그 두 자리의 허상을 버리고자 중립국 인도로 향하는데, 이는 '중론'과 '서방정토'의 개념을 연상시킨다.

이명준이 자기가 태어나서 사랑하고 살아온 조국, 남북한 모두 거부하고 중립국 인도, 서방정토로 향해가는 배에 몸을 실은 까닭은 자명하다. 현실의 나라에서는 자신이 머물 곳을 찾지 못했기 때문이며, 동시에 자신이 꿈꾸는 이상의 나라로 다가가려는 의도이기 때문이다. 도피안到彼岸이란 불교에서는 바라밀波羅蜜이며, 바라밀이란 태어나고 죽는 현실의 괴로움에서 번뇌와 고통이 없는 경지인 피안으로 건넌다는 뜻으로, 열반에 이르고자 하는 보살의 수행을 이르는 말이다. 그가 한반도를 떠나 남중국해와 인도양을 건너 중립국 인도에 가고자 했음은 현존하는 이 언덕에서 고해를 건너 이상향의 저 언덕에 닿고자 했던 것이라고 해석해볼 수 있다.

『회색인』의 색상은 괴색壞色이라는 어느 한 쪽의 원색을 탈피하는 색깔이며, 회색인은 회의懷疑의 인간이지만 그렇기에 어느 극단으로도 이끌려가지 않는 인간형일 수 있다.

서방정토로 법을 찾아 가는 이야기,『서유기』는 그 자체로 '구도'의 곤고함을 뜻한다. 소설에서 출발점으로 등장하는 원산 남쪽 석왕사 역은 이야기의 바탕이 전통 사찰에서 시작하고 있다는 것을 내비치고 있다.

진실 앞에서 확신하지 못하고 주저하다가 절망하는 지식인에 대한 이야기「라울전」을 비롯하여, 전쟁의 핏빛「9월의 달리아」, 소년들의 생물적 야수성이 죽음을 초래하는「7월의 아이들」, 자신의 삶을 찾기 위해 사선을 넘다 무의미한 죽임을 당하는「금오신화」, 사랑의 절망을 죽음으로 끝내는「만가」등의 단편소설들은 생생한 삶들이 결국 모두 허무한 죽음으로 끝난다. '공포'와 '몽상'1)이 가득 찬 고해를 떠다니는 인생살이에 대한 보고報告들이다.

희곡『어디서 무엇이 되어 만나랴』,『옛날 옛적에 훠어이 훠이』,『둥 둥 낙랑樂浪 둥』등 역시 죽음으로 결말지어지면서 삶이란 허무에 다름 아님을 무대예술을 위한 희곡으로 전한다. 특히 '어디서 무엇이 되어 만나랴'라는 제목은 김광섭金珖燮이 1969년 발표한 시「저녁에」의 마지막 구절을 연상시키면서 윤회의 불법을 당연한 인간 숙명으로 확인한다.

소설가 구보 씨의 일상과 행보는 전형적인 '수행'의 자세를 견지한다. 피난민이자 실향민인 구보 씨는 자신의 경험을 통해 세상살이란 어

---

1) 心無罣㝵 無挂礙故 無有恐怖 遠離顚倒夢想 究竟涅槃, 마음이 걸리며 가림이 없으니 걸리며 가림이 없는 까닭으로 두려움이 없어 거꾸로 된 몽상을 멀리 여의고 궁극적으로 열반에 이르러. 김무봉,『반야바라밀다심경언해』, 세종대왕기념사업회, 2009, 172~177쪽.

질머리를 앓으며 고해를 헤쳐 나가는 것에 다름 아니라고 생각한다. 그렇기에 세상의 혼탁한 현상에서 삶의 본질을 찾으려는 관찰과 사색을 게을리 하지 않는다. 마지막 단원 「제15장 난세(亂世)를 사는 마음 석가 씨(釋迦氏)를 꿈에 보네」[2]로 그 수행이 지향하는 바를 마감한다.

간화선看話禪 수행이란 화두話頭를 사용하여 진리를 깨닫고자 하는 선禪 방식을 말한다. 그렇다면 『화두』는 '문학'이라는 화두를 품은 작가가 '기억의 글쓰기'라는 자신이 선택하고 용맹정진한 선수행禪修行의 기록에 다름 아니다.

『가면고』는 '버림'을 깨달아 진정한 진리를 얻는 이야기다. 주인공은 현생에서 완전한 삶을 애타게 찾는다. 그러나 전생에서 '가장 높은 것과 가장 낮은 것'이 합일하고 있는 얼굴을 가지고자 하는 욕망을 실천한 주인공은, 그 욕망이 헛된 것임을 통감하고 그 욕망의 죄를 후회함으로 욕망의 버림을 깨닫자 자신이 희구하였던 얼굴을 갖게 된다. 이 역시 공관空觀의 불교 진리에 다름없다.

김만중의 『구운몽』에서 제목을 차용하여, 새롭게 써내려간 현대적 『구운몽』은 꿈과 현실의 경계조차 그 구분의 의미가 모호하다. 역시 사랑만이 인간을 구원한다는 결론을 노정露呈하지만, 그 사랑은 자비심의 보살행으로만 가능한 것이라는 짐작을 감지할 수 있다.

「웃음소리」의 여주인공 '그녀'는, 스스로 죽으러 간 곳에서 자기가 들은 웃음소리는 실제로 없는 것이었고 그 웃음소리를 내던 연인들은 사실 죽어있었다는 것을 알아버린 다음, 그대로 살아서, 살기 위해서, 다시 돌아온다. 있음과 없음을 분간할 수 없다는 것, '색즉시공 공즉시색'의 한 자그마한 현실이다. 작다고는 하지만 '그녀'에게 있어서는 색

2) 최인훈, 최인훈전집 4, 『소설가 구보 씨의 일일』, 「제15장 난세(亂世)를 사는 마음 석가 씨(釋迦氏)를 꿈에 보네」, 문학과지성사, 2010, 382~400쪽.

공色츠은 생사生死의 갈림길이다.

지금까지 요약해서 살펴본 불교적 상관성은, 인연, 윤회, 중론, 색즉시공 공즉시색, 공관, 구법, 서방정토, 무유공포 원리전도몽상, 평상심, 열반, 일체유심조, 고해의 삶, 수행, 화두, 간화선, 반야바라밀 등이다.

최인훈 소설에서 이러한 불교적인 상징이나 요소들이 어떻게 그 의미를 가지고 자리하는지 또한 소설을 전개하는 구성이 어떤 면에서 불교적인지를 살펴봄으로써, 최인훈 문학의 불교적 성격에 대한 전모를 더욱 뚜렷하게 드러낼 것이다.

1. 『광장』 ─ 반야바라밀다

가. 갈매기 ─ 윤회와 인연

『광장』은 작가 자신이 여러 번 개작한 것으로 널리 알려져 있다. 소설에 등장하는 '갈매기'는 중요한 모티브 가운데 하나이며, 그 여러 번에 걸친 개작에서 중점적으로 변화시킨 상징이 '갈매기'라고 할 수 있다.

텍스트로 삼고 있는 『광장』3)에는 7편의 서문을 싣고 있는 바, 38쪽의 [표 1]과 같다.

이 서문들은 출판사를 바꾸거나 재판 이상을 내면서 덧붙인 것이지만 소설을 일부 개작하면서 새로 쓴 것이기도 하다. 갈매기들에 관한 묘사나 등장하는 시점 등도 어느 정도 차이를 두고 가감하였으나, 이에 관한 개작의 가장 큰 줄기는 어떤 신분을 상징하고 있는가 하는 점이다.

---

3) 최인훈, 최인훈전집 1, 『광장/구운몽』, 『광장』, 문학과지성사, 2010.

[표1]

	제목	판본	일자
①	「서문」	『새벽』	1960년 11월
②	「1961년판 서문」	정향사 판본	1961년 2월 5일
③	「1973년판 서문 ─ 이명준의 진혼을 위하여」	민음사 판본	1973년 7월 1일
④	「일역판 서문」 일역판 : 김소운 옮김	일본 동수사 판본	1973년
⑤	「전집판 서문」	문학과지성사 전집 초판본	1976년 7월
⑥	「1989년판을 위한 머리말」	문학과지성사 전집재 판본	1989년 4월 30일
⑦	「독자에게」	문학과 성사 전집 7판 2쇄본	2010년 가을

　　정향사 단행본에서 최인훈은 갈매기의 상징과 이미지를 한층 더 보강시킨다. 갈매기의 상징과 이미지는 전집판에 이르러서 훨씬 많이 달라지지만 이러한 변모는 이미 정향사 텍스트에서도 어느 정도 엿볼수 있다. (……) 초판본에서처럼 단행본에서도 갈매기들은 여전히 이명준이 사랑한 두 여인, 곧 강윤애와 은혜를 상징하고 있다는 점이다. 갈매기 한 마리는 "눈처럼 희고 구름마냥 둥실한 의상을 입은 발레리나의 모습"을 하고 있고, 다른 한 마리는 "그보다 더 현란한 희디흰 이브닝 드레스에 싸인 아름다운 여자"의 모습을 하고 있다. 두말할 나위도 없이 발레리나의 모습을 하고 있는 여인은 은혜이고, 흰 이브닝 드

레스를 입고 있는 여인은 윤애이다. 작가는 "그 흰빛의 바닷새들은, 딴은 그 여자들과 놀랍도록 닮은 생물이었다"고 말한다.[4]

　전집판에서 무엇보다 가장 많이 뜯어고친 것은 역시 갈매기의 상징이나 이미지와 관련된 부분이다. 그 이전의 텍스트에서와는 달리 전집판에서는 작품 첫 부분부터 갈매기가 중요하게 부각되어 있다. (……) 전집판에서 갈매기는 단순히 양적으로뿐만 아니라 질적으로도 큰 변화를 겪는다. 갈매기가 상징하는 것이 그 이전의 텍스트에서와는 크게 달라졌기 때문이다. 이미 앞에서 말하였듯이 항해를 시작할 때부터 타고르호를 뒤쫓고 있는 갈매기 두 마리는 강윤애와 은혜를 각각 상징하고 있었다. 그러나 전집판에 이르러서 갈매기는 이제 더 이상 윤애와 은혜를 상징하지 않고 그 대신 은혜와 그녀가 임신한 딸을 상징한다.[5]

　인도로 가는 배를 따라오는 두 마리 갈매기에 대한 개작의 가장 큰 핵심은, 이명준이 남한에서 만났던 강윤애와 월북한 뒤 사랑했던 은혜, 이 두 여인의 상징이라는 애초 의미에서, 강윤애와 그녀가 잉태한 아기로 옮겨간 것이다.

　이명준은 강윤애를 만나면서도 자기가 진정으로 그녀를 사랑하는지 스스로에게 물어볼 정도로 그녀에 대한 친밀도는 약하다. 또한 월북을 결행하면서도 그녀에 대한 미련이 전혀 없는 것을 미루어보면 그가 남한에서 만난 강윤애와는 없으면 살지 못할 정도의 사랑을 했다고 보기에는 무리가 따른다. 반면 북한에서 만난 은혜와는 사랑을 나누는 장면이 몇몇 삽입되어 있다. 그 결과 은혜는 이명준의 아이를 갖는다. 이명준은 은혜가 아기를 잉태했다는 사실은 알고 있었지만 그 후 전사한 은혜와 함께 기억에 묻었다.

---

4) 김욱동, 『「광장」을 읽는 일곱 가지 방법 ― 비평의 광장』, 문학과지성사, 1996, 77~78쪽.
5) 김욱동, 앞의 책, 118~119쪽.

몇 번쯤 만나 사랑하는 건지 아닌지 의아해하는 여인보다는, 자신의 아이를 태중에 가진, 자기 자식의 어머니인 은혜가 이명준에게는 훨씬 굵은 인연으로 매여 있는 것이 당연하다. 그래서 갈매기들의 신분이 자기가 사랑했던 두 여인으로부터 자기 자식과 그 어머니로 바뀌었다고 가정할 수 있다.

이명준은 소설 마지막에, 한반도에서부터 그가 탄 배를 따라오기 때문에 감시하는 눈길이라고 의심했던 갈매기들을 총으로 죽이려다가, 그들이, 그 갈매기 두 마리가 바로 그녀들임을 알아본다.

> 그는 두 마리 새들을 방금까지 알아보지 못한 것이었다. 무덤 속에서 몸을 푼 한 여자의 용기를, 방금 태어난 아기를 한 팔로 보듬고 다른 팔로 무덤을 깨뜨리고 하늘 높이 치솟는 여자를, 그리고 마침내 그를 찾아내고야만 그들의 사랑을.6)

갈매기는 이명준에게 두 가지 의미를 지닌다. 현실에서는 전사하여 잉태한 아이와 함께 무덤 속으로 들어가 버린 존재이지만, 이명준의 관념 속에서는 윤회라는 불법佛法에 따라 갈매기들로 현신現身하여 이명준을 따라가고 있는 중이다. 적어도 이명준만큼은 그것을 확신한다. 사랑하는 사람을 흙 속에 묻어두고 떠나왔으나 그녀들 — 은혜와 태胎 속의 아이는 갈매기로 다시 태어나 '무덤 속에서 몸을 푼 한 여자의 용기를' 가지고 아이의 아버지를 따라온다. 아이 역시 윤회의 커다란 바퀴에서 아버지와의 인연을 잇기 위하여 아버지 이명준을 따른다. 즉, 윤회와 인연이다.

또한 이명준이 그가 가려고 결심했던 곳까지 가지 않고 항해하던 배 안에서 사라졌을 때, 그 갈매기들도 역시 사라진다. 연인戀人의 인연, 특히

---

6) 최인훈, 앞의 책, 208쪽.

부모자식 간의 인연이 그를 놓아주지 않았다고 볼 수 있으며, 이러한 동반적 사라짐은 갈매기들의 의지라기보다는 다름 아닌 이명준의 선택이다.

중립국—인도, 즉 모든 고뇌에 찬 삶을 조국에 내던진 채 아무런 인연의 끈이 없는 곳으로 가려 했던 이명준은 이 갈매기들의 만류에, 그 인연의 끈에, 스스로 응답할 수밖에 없었던 것이다. 그래서 이명준이 배에서 사라지자 갈매기들도 더 이상 배를 따라가지 않는다.

> "누구야, 없다는 게?" "미스터 리 말입니다." 이튿날. 타고르호는, 흰 페인트로 말쑥하게 칠한 3,000톤의 몸을 떨면서, 한 사람의 손님을 잃어버린 채 물체처럼 빼곡히 들어찬 남중국 바다의 훈김을 헤치며 미끄러져간다. 흰 바닷새들의 그림자는 보이지 않는다. 마스트에도, 그 언저리 바다에도. 아마, 마카오에서, 다른 데로 가버린 모양이다.[7]

한편, 이명준의 아버지는 '8·15 그 해 북으로' 갔기에 '먼 사람이 되어가고 있었고'[8] 그래서 기억조차 어렴풋한데, 어느 날 갑자기 그 아버지가 직접 대남방송을 시작하자 이명준은 경찰서에 불려가 형사에게 폭행을 당한다.

> 좋은 철/ 궁리질 공부꾼은/ 보람을 위함도 아니면서/ 코피를 흘렸는데/ 내 나라 하늘은/ 곱기가 지랄이다.
> 눈물이 주루루 흐른다. 분하고 서럽다. 보람을 위함도 아니면서. 아버지 때문에? 어쩐지 아버지를 위해서 얻어맞아도 좋을 것 같다. 몸이 그렇게 말한다. 멀리 있던 아버지가 바로 곁에 있다는 것을 깨닫는다. 그의 몸이 거기서부터 비롯한 한 마리 씨벌레의 생산자라는 자격을 빼놓고서도, 아버지는 그에게 튼튼히 이어져 있었다. 아버지는 그의

---

7) 최인훈, 앞의 책, 209쪽.
8) 최인훈, 앞의 책, 72쪽.

옆방에 살고 있었다. 옆방에 사는 아버지를 미워하는 사람들이, 명준의 방문을 부수고 들어와서, 그에게 대신 행패를 부린 것이었다. 멀리 있는 아버지가 내게 코피를 흘리게 하다니. 이건 무얼 말하는 것일까.[9]

그건 전혀 보이지도 않았고 감지할 수도 없었지만 끈질기게 이어져 있던 부모자식 사이의 인연을 말하는 것이다.

불교에서 운위되는 부모자식의 관계는 철저하게 인연을 바탕으로 한다.[10] 이명준이 은혜와 그 잉태한 아기가 갈매기라고 보는 것은 죽음이 사멸이 아니라 단지 윤회의 수레바퀴에 얹히는 것으로 굳건히 믿는 것이다. 이명준이 그 아기를 따라 배에서 자취를 감추는 것과 자기 옆에 현전하지 않는 아버지가 자신의 코피를 흘리게 하는 것은 부모자식 간에서 생기生起된 인연으로 묶여있기 때문이다.

나. 밀실과 광장 ― 소승과 대승

『광장』은 일반적으로 크게 두 가지 대조적 개념을 통하여 조망하는 소설이다.[11] 주인공의 행적도 남한과 북한을 넘나들고 있으며 그에 따

---

9) 최인훈, 앞의 책, 80쪽.
10) 부모은중경의 십은(十恩) 가운데 「회탐수호은(懷眈守護恩)」에 의하면, 자식은 여러 겁의 깊은 인연으로 이생에 어머니의 몸에 의지해서 자신의 숙업을 인(因)으로 하고 부모를 연(緣)으로 하여 이 세상에 태어난다. (……) 이렇게 사람의 몸을 받을 때는 스스로의 업으로 부모와 자식 간의 혈연관계를 맺게 되는 것이다. 김숙자, 「중국 불교의 효 사상에 관한 연구」, 계명대학교 대학원 철학과 석사학위논문, 2008, 23쪽.
11) 최인훈의 작품세계의 양극은 누구나 다 알다시피 <광장>과 <밀실>이다. 그런데 이것은 대부분의 문학에 공통분모로 나타나는 이상과 현실 사이에 존재

른 주인공의 상념과 경험이 펼쳐지는 이야기가 대부분의 줄거리다. 남한 대 북한, 자본주의 대 공산주의, 밀실 대 광장이다.

> 개인만 있고 국민은 없습니다. 밀실만 푸짐하고 광장은 죽었습니다. 각기의 밀실은 신분에 맞춰서 그런대로 푸짐합니다. 개미처럼 물어다 가꾸니깐요. (……) 아무도 광장에서 머물지 않아요. 필요한 약탈과 사기만 끝나면 광장은 텅 빕니다. 광장이 죽은 곳. 이게 남한이 아닙니까? 광장은 비어있습니다.12)

> 광장에는 플래카드와 구호가 있을 뿐, 피 묻은 서츠와 울부짖는 외침은 없다. 그건 혁명의 광장이 아니었다. 따분한 매스 게임에 파묻힌 운동장. 이런 조건에서 만들어내야 할 행동의 방식이란 어떤 것인가. 괴로운 일은 아무한테도 이런 말을 할 수 없다는 사정이었다. 혼자 앓아야 했다.13)

작품을 전체적으로 볼 때, 이명준의 행동과 정신이 그려내는 궤적은 자기 정체성을 찾기 위한 일종의 고행으로도 볼 수 있다. 남한에서 받은 혐오와 겁박, 북한에서 절감한 좌절과 무기력을 겪으면서, 그로서는 이러한 체험들이 결국 현실적 이상향을 찾아 헤매는 고난의 수행과 다를 바가 없다.

개인을 중시하는 밀실과 대중을 끌어안으려는 광장은 불교 수행의 두 갈래인 소승과 대승으로 대비해볼 수 있다. 그러나 불교적 수행이라

하는 공간 개념을 미분화한 것이다. 다시 말하면 그의 소설 공간은 좁은 의미에서는 <광장>과 <밀실> 사이에서 이루어지고 있지만, 이상과 현실이라는 문맥을 동시에 안고 있다. 그래서 최인훈이 일생을 걸고 추구하는 노력은 이러한 현실과 이상 사이를 언어로써 채우거나 다리를 놓아보자는 것이다. 김병익·김현 책임편집, 『최인훈』, 이태동, 「문학의 인식작용과 야누스의 얼굴」, 도서출판 은애, 1979, 103쪽.
12) 최인훈, 앞의 책, 67쪽.
13) 최인훈, 앞의 책, 158쪽.

는 측면에서 소승과 대승은 결국 열반과 해탈을 위한 수행의 방편들이 므로 어느 하나만을 적용할 수는 없다. 소설에서 나타나는 남·북한, 자본·공산주의, 밀실·광장의 이분법적 도식을 소승·대승으로 나누어 대치시키기에는 무리가 따른다는 것이다. 따라서 밀실의 개념에서는 대승적 차원보다는 소승적 차원의 개념을 상대적으로 부각하고, 광장의 개념에는 소승적 차원보다는 대승적 차원의 개념을 강조해야 할 것이다. 즉, [남한]—[자본주의]—[밀실]—[소승>대승] 대 [북한]—[공산주의]—[광장]—[소승<대승]의 대립적 개념이다.

이명준의 삶 자체가 고행으로 점철되어 있음은 곧, 그가 찾고자 하는 자신의 현실적 정체성을—이것이 그에게는 바로 이상향 혹은 열반이지만—추구하는 방법으로써 소승적·대승적 방법을 모두 체험하고 있다는 것이다. 남북을 넘나들며 전쟁을 겪고 포로의 처지에서 석방을 거치는 과정은 그 자체로서 고행에 다름 아니며, 원하든 그렇지 않든 이명준으로서는 수행자의 역정을 고스란히 체험하고 있는 것이 소설의 커다란 흐름이라고 할 수 있다.

다. 중립국 인도 — 중론中論과 서방정토

주인공 이명준은 한국전쟁에 북한 공산군으로 참여했다가 포로수용소에서 휴전을 맞지만, 북으로 되돌려지는 송환을 거부하고 또한 반공포로로서 남한에 석방되는 것도 거부하여, 결국 중립국 인도로 가는 배를 탄다. 중립국을 선택하는 것은 이명준이 남·북한 어느 곳도 선택할 수 없었기 때문인데, 물론 역사적 사실로서도 엄연히 실재했던 선택권이었지만, 이 '중립'이라는 의미 역시 불교적으로 암시하는 바가 적지 않다.

> 사상적 중도는 무엇이 있다거나 없다고 보는 우리의 사고방식, 또는 무엇과 무엇이 같다거나 다르다고 보는 등의 사고방식에 대한 비판을 의미한다. 이런 비판은 부처님께서 깨달으신 보편법칙, 즉 '모든 것이 얽혀서 일어난다'는 '연기(緣起)'의 법칙에 토대를 두고 이루어지는데, 있다거나 없다는 양극단을 떠난 중간의 그 무엇을 제시하기에 중도라고 부르는 것이 아니라, 양극단 모두를 비판하기에 중도라고 부르는 것이다. 『중론』의 '중(中)'자에는 이렇게 '비판'의 의미가 담겨 있다.[14]

용수龍樹보살이 강조한 '중론'의 핵심적 사상은, 이것과 저것의 '가운데' 또는 '혼합적 중간'을 의미하는 것이 아니라, 양극단의 비판적 탈피를 의미한다. 이것은 바로 이명준이 남한과 북한, 자본주의와 공산주의, 밀실과 광장을 두 극단으로 보고 비판한 것과 그 방식 상으로 흡사하다. 남한과 북한 가운데 어느 한 쪽을 선택하도록 강요받았을 때, 그에게 유일한 구원은 중립국 선택이었다.

> 판문점. 설득자들 앞에서처럼 시원하던 일이란, 그의 지난날에서 두 번도 없다. 방 안 생김새는, 통로보다 조금 높게 설득자들이 앉아 있고, 포로는 왼편에서 들어와서 바른편으로 빠지게 돼 있다. 네 사람의 공산군 장교와, 인민복을 입은 중공 대표가 한 사람, 합쳐서 다섯 명. 그들 앞에 가서, 걸음을 멈춘다. 앞에 앉은 장교가, 부드럽게 웃으면서 말한다. "동무, 앉으시오." 명준은 움직이지 않았다. "동무는 어느 쪽으로 가겠소?" "중립국." (……) "동무, 중립국도, 마찬가지 자본주의 나라요. 굶주림과 범죄가 우글대는 낯선 곳에 가서 어쩌자는 거

---

14) 김성철, 『중론』, 불교시대사, 2008, 32쪽.

요?" "중립국." (……) "당신이 지금 가슴에 품은 울분은 나도 압니다. 대한민국이 과도기적인 여러 가지 모순을 가지고 있는 걸 누가 부인합니까? 그러나 대한민국엔 자유가 있습니다. 인간은 무엇보다도 자유가 소중한 것입니다. 당신은 북한 생활과 포로 생활을 통해서 이중으로 그걸 느꼈을 겁니다. 인간은(……)" "중립국." (……) 만일 남한에 오는 경우에, 개인적인 조력을 제공할 용의가 있습니다. 어떻습니까?" 명준은 고개를 처들고, 반듯하게 된 천막 천장을 올려다본다. 한층 가락을 낮춘 목소리로 혼잣말 외듯 나직이 말할 것이다. "중립국."15)

북한 측이든 남한 측이든 그들이 제시하는 어떤 설득에도 이명준은 아무런 설명이나 입장 표명 없이 단호하게 '중립국'만을 외친다. 독자는 이미 그 까닭을 충분히 통감하고 있다.

여기서 중립국으로 설정된 '인도'는 역사적 사실에도 등장하는 중립국가16)지만 불교적으로는 또 다른 관념적 의미를 가지고 있다. 천축天竺이라고 불리며 한국을 기준으로 서쪽에 위치하고 석가모니부처가 태어나 입적한 나라로서 '서방정토'라는 극락세계를 뜻한다. 이명준의 고행은 이제 소승과 대승의 수행을 거쳐 마침내 서방정토로 향하는 것이다.

---

15) 최인훈, 앞의 책, 187~191쪽.
16) 쌍방에 수용되어 있는 송환을 거부하는 포로들은 1953년 6월 8일에 조인된 '포로협정(중립국 송환위원회 직권의 범위)'과 7월27일 조인된 '휴전협정에 대한 임시적 보충협정'에 의거 처리하게 되었다. 이 협정들에 따라, 인도, 스위스, 스웨덴, 폴란드 그리고 체코슬로바키아에서 각각 1명씩의 위원으로 구성되는 중립국 송환위원회가 설립되고, 이 위원회의 임무수행에 필요한 병력과 기타 운영요원은 인도가 제공하며, 의장과 집행관 그리고 심판관을 담당하였다. 김기옥 등,『한국전쟁휴전사』, 국방부전사편찬위원회, 1989, 326~327쪽.

라. 반야바라밀다般若波羅蜜多적 지향과 염원

『광장』의 공간적 설정의 과정을 추적해보쪽, 서울 → 평양 → 원산 휴양소 → 서울 → 낙동강전선 → 거제도포로수용소 → 인도 행 배 안, 이러한 이동을 보여준다. 이것을 큰 틀로 간단히 하쪽, 남한 → 북한 → 중립국 인도 행, 이렇게 단순화할 수도 있다. 이 세 부분은 소설의 분량으로도 구분할 수 있는 바, 48쪽의 [표 2]와 같다.

작가가 의도했는지 우연히 적절하게 나뉘었는지 하는 문제는 차치하고, 이명준의 신분은 철학과 대학생이었던 남한 생활, 북한 노동신문사 직원 및 한국전쟁 때는 정치보위부원이었던 북한 생활, 그리고 중립국 행을 선택한 뒤 남중국해를 항해하는 배 안의 현존現存으로 구분할 수 있다. 다시 인도 행 배 안의 장면은 소설 도입부, 소설을 반으로 나눌 수 있는 중반, 그리고 마지막 결말에 위치하고 있다. 이 세 가지 공간적 배경과 신분들은 각기 거의 비슷한 분량의 지면을 할당받고 있다. 마치 이명준이 항해 도중 사라지지 않고 목적지 인도에 도착한 뒤, 자신의 그간 노정을 정확하게 보고하는 듯하다.

이러한 공간적 배치의 균형은 이명준 스스로 분별해보는 관념적 공간의 추이와도 유사하다. 이명준은 공간의 이동에 따라 자신 삶이 변모해가고 있음을 잘 알고 있다.

> 펼쳐진 부채가 있다. 부채의 끝 넓은 쪽을, 철학과 학생 이명준이 걸어간다. (……) 다음에, 부채의 안쪽 좀더 좁은 너비에, 바다가 보이는 분지가 있다. (……) 고기 썩는 냄새가 역한 배 안에서 물결에 흔들리다가 깜빡 잠든 사이에, 유토피아의 꿈을 꾸고 있는 그 자신이 있다. (……) 그의 삶의 터는 부채꼴, 넓은 데서 점점 안으로 오므라들

고 있었다. 마지막으로 은혜와 둘이 안고 뒹굴던 동굴이 그 부채꼴 위에 있다. (……)　그는 지금, 부채의 사북자리에 서 있다. 삶의 광장은 좁아지다 못해 끝내 그의 두 발바닥이 차지하는 넓이가 되고 말았다. 자 이제는? 모르는 나라, 아무도 자기를 알 리 없는 먼 나라로 가서, 전혀 새사람이 되기 위해 이 배를 탔다.17)

[표 2]

『광장』의 공간적 배경별 분량				이명준의 신분
	쪽수18)	총 쪽수19)		
소설 전체 분량	25~209	185		
주인공 이명준의 남한생활	36~102	67	67	남한의 철학과 학생
주인공 이명준의 북한생활	124~166	42	60	북한 노동신문 본사 편집부 직원 및 정치보위부원
한국전쟁 낙동강 전선부근	166~176	11		
거제도 포로수용소	176~182	7		
인도로 가는 배 안 ― 도입	25~36	12	62	중립국을 선택한 석방포로
인도로 가는 배 안 ― 중반	102~123	22		
인도로 가는 배 안 ― 결말	182~209	28		

---

17) 최인훈, 앞의 책, 207~208쪽.
18) 이 쪽수는 텍스트로 삼고 있는 전집판 단행본 '최인훈, 최인훈전집 1,『광장/구운몽』, 문학과지성사, 2010년'의 쪽 표기 숫자이다.
19) 이 총쪽수는 쪽 숫자가 표시하는 분량을 계산한 숫자이다.

소설 서두에 이명준이 타고 있는 배는 인도 즉 서방정토로 향하는 중이었다. 소승 방식이라 볼 수 있는 자신의 밀실만이 존재했던 남한생활과, 대승을 연상시키는 잿빛 광장 북한생활을 겪으며, 연인과 자식을 잃은 참담한 전쟁의 희생자와 그 전쟁의 포로라는 영어의 신세를 거쳐 다시 중립국 인도, 마침내 서방정토로 향하는 배 안이다. 그 배는 그야말로 고해뿐인 인생의 바다를 건너서 그가 꿈꾸는 이상향, 서방정토로 향하고 있다.

소설의 이러한 공간 구성은 관념 공간으로 바꿔볼 수 있다. 소설 구성은 주인공이 남한과 북한에서 겪었던 삶을 시간 흐름에 따라 소설의 전반부와 후반부에 배치한다. 그리고 중립국 인도 행 배 안에서 끊임없이 빠져드는 회상과 의식 변화의 추이는 소설 맨 앞, 가운데 그리고 마지막에 적절히 할애되어 있다. 이러한 소설 구성은 남한과 북한에서 겪었던 삶 역시 주인공이 선택하여 진행한 전체적인 항해의 일부처럼 보이게 함으로써, 이 소설 전체를 하나의 큰 항해일지 형태로 읽을 수 있다는 특징을 갖는다. 그럼으로써 이명준의 일생이 전체적으로 하나의 항해라는 점도 감지할 수 있다.

이러한 독특한 구성은 불가에서 함축적인 비유로 말하는 '이승이라는 고해를 건너 피안의 저 언덕으로 향해간다'라는, 구도의 여정과 뚜렷이 비교할 수 있다. 소설이 현대사의 비극이 펼쳐지는 바다 한가운데에서 한 한국인이 표류하여 질식해가는 과정을 차근히 보여주고 있다는 것, 이러한 과정이 불교에서 강조하는 '고해 속에 존재하는 고통'과 그것을 이겨내기 위하여 '저 언덕으로 다다르려는[도피안]' 줄기찬 노력의 펼침과 다르게 느껴지지 않는다.

한편, 그는 그곳에 도착해서 영위할 수 있는 삶도 여러 가지로 꿈꿔

본다. 그 삶은 아무런 고뇌도 거리낌도 없는 '심무가애 무가애고 무유
공포'[20)의 삶이다.

> 중립국. 아무도 나를 아는 사람이 없는 땅. 하루 종일 거리를 싸다
> 닌대도 어깨 한번 치는 사람이 없는 거리. 내가 어떤 사람이었던지도
> 모를뿐더러 알려고 하는 사람도 없다. 병원 문지기라든지, 소방서 감
> 시원이라든지, 극장의 매표원, 그런 될 수 있는 대로 마음을 쓰는 일이
> 적고, 그 대신 똑같은 움직임을 하루 종일 되풀이만 하면 되는 일을 할
> 테다. (……) 이런 모든 것이 알지 못하는 나라에서는 이루어지리라고
> 믿었다. 그래서 중립국을 골랐다.[21)

그곳에서는 현실인지 꿈인지 구분이 안 되어 자신을 괴롭혔던 존재
의 번뇌도 사라질지 모르는 일이다. 이 땅에 있을 때는, 적어도 수용소
에 있을 때, 현실과 꿈이 뒤섞여 '난데없는 어지럼증'에 시달리기만 했
다. 그러나 앞으로 자기가 도달할 곳에서는 '원리전도몽상'[22)으로 평상
심 속에서 살아가게 될지도 모른다.

> 이것은 꿈이 아니다. 이것은 깰 수 없는 꿈이다. 이 꿈에서는 깨지
> 못한다. 이것은 현실이니깐. 그러나 꿈을 회상하자면 꿈속에 있어야
> 할 게 아닌가? 꿈속에 있자면 꿈을 꾸고 있다는 말이 아닌? (……)
> 알고서 떠올리는 없던 일은 영락없이 있던 일이었다. 그 느낌은 남쪽
> 바다의 이 섬에 그리고 있는 자기의 지금 처지의 난데없음과 잘 어울

---

20) 心無罣㝵 無挂礙故 無有恐怖 마음이 걸리며 가림이 없으니 걸리며 가림이 없
는 까닭으로 두려움이 없어. 역주위원 김무봉, 『반야바라밀다심경언해』, 세종
대왕기념사업회, 2009, 172~174쪽.
21) 최인훈, 앞의 책, 192~196쪽.
22) 遠離顚倒夢想 거꾸로 된 몽상을 멀리 여의고. 역주위원 김무봉, 앞의 책, 175쪽.

리는 어지럼증이었다. 꿈인 줄 아는 꿈에서 깨어나는 순간에서 헤어
나지 못하는 자기.[23]

  자신 스스로와 자신이 처한 상황에 대한 경멸과 좌절, 즉 삶이 가져
다 준 '일체고액'과 '사제'를 소승과 대승의 수행법으로 몸소 겪으면서
이명준은 중립국 인도 서방정토를 향한다. 사제를 겪는 고행도 고해를
항해하여 '저 언덕'으로 가려는 것이고, 중립국 인도라는 서방정토를
선택하는 것도 '저 언덕'으로 가려는 것이다.

  반야바라밀다[24]를 '이 언덕을 건너 열반의 저 언덕에 이르는 배'란
뜻으로 볼 때, 소설의 관념적 구성 얼개는 이명준에게 고통뿐인 땅 한반
도인 '이곳'을 떠나 고해를 건너, 평상심을 펼칠 수 있는 열반과 해탈의
'저 언덕' 중립국 인도 서방정토로 향해가는 과정, 즉 도피안到彼岸이다.

  그러나 이명준의 이런 고행을 통한 '저 언덕'에 다다르기는 결국 좌
초한다. 아직 '구경열반'[25]하지 못할 인연이 남았기 때문이다. 고해를
가로질러 항해하는 자신을 줄곧 따라온 두 마리 갈매기를, 사랑하는 사
람과 자신의 자식으로 알아본 이명준은 그 인연을 모두 단호히 끊어내
고 고해를 건너 서방정토 극락이나 '저 언덕'으로 도달할 수는 도저히
없었던 것이다.

  그 넉넉한 뱃길에 여태껏 알아보지 못하고, 숨바꼭질을 하고, 피하
려 하고 총으로 쏘려고까지 한 일을 생각하면, 무엇에 씌웠던 게 틀림

---

23) 최인훈, 앞의 책, 180~182쪽.
24) 반야바라밀(般若波羅蜜) : 【범】 prajñāpāramitā 구족하게는 반야바라밀다(般
   若波羅蜜多)라 음역. 지도(智度)·도피안(到彼岸)이라 번역. 6바라밀의 하나. 반
   야는 실상(實相)을 비춰보는 지혜로서, 나고 죽는 이 언덕을 건너 열반의 저 언
   덕에 이르는 배나 뗏목과 같으므로 바라밀다라 한다.『동국역경원 불교사전』.
25) 究竟涅槃 궁극적으로 열반에 이르러. 역주위원 김무봉, 앞의 책, 177쪽.

없다. 큰일 날 뻔했다. 큰 새 작은 새는 좋아서 미칠 듯이, 물속에 가라
앉을 듯, 탁 스치고 지나가는가 하면, 되돌아오면서, 그렇다고 한다.
무덤을 이기고 온, 못 잊을 고운 각시들이, 손짓해 부른다. 내 딸아. 비
로소 마음이 놓인다. 옛날, 어느 벌판에서 겪은 신내림이, 문득 떠오른
다. 그러자, 언젠가 전에, 이렇게 이 배를 타고 가다가, 그 벌판을 지금
처럼 떠올린 일이, 그리고 딸을 부르던 일이, 이렇게 마음이 놓이던 일
이 떠올랐다. 거울 속에 비친 남자는 활짝 웃고 있다.[26]

누구나 사는 삶이 누구에게든 고해일 뿐이며 그 고해에 질식하지 않
을 사람도 없다. 그러나 『광장』의 주인공 이명준이 살아냈던 삶은 그
역사적 상황에 처해 가장 참혹한 것 가운데 하나였다. 그가 찾고자 했
던, 사람으로 살아가려는 세상은 순간적으로는 맛볼 수 있었으나 결국
은 그 자신을 포함하여 모두 사라지고 말았다. 그러나 그 삶이 그 이후
를 살아가는 사람들에게 있어서 하나의 이정표요 그 '심해 정보의 쌓
임'[27] 역할을 할 수 있다는 것은 충분히 인정할 수 있다. 삶을 살아가는
하나의 방편이 불교적 삶이라면 이명준은 시대를 가로질러 온몸으로
겪어낸 앞선 수행자라고도 할 수 있을 것이다.

『광장』은 주인공이 겪은 자신의 개인사로, 정치적 이데올로기의 심
판으로, 역사의 운명이라는 차원으로, 그밖에 여러 가지 관점으로 읽
을 수 있는 작품임에 틀림없다. 한편으로 주인공이 한국 현대사라는
풍랑에서 한국인으로서 삶을 헤쳐 나가고자 안간 힘을 쓴 대로, 한국
의 오랜 정신적 기둥이라 할 수 있는 불교적 성격이라는 관점으로도
읽힐 수 있다.

---

26) 최인훈, 앞의 책, 208~209쪽.
27) 나는 12년 전, 이명준이란 잠수부를 상상의 공방(工房)에서 제작해서, 삶의 바
    다 속에 내려 보냈다. 그는 '이데올로기'와 '사랑'이라는 심해의 숨은바위에 걸
    려 다시는 떠오르지 않았다. 최인훈, 앞의 책, 16~17쪽.

그렇게 함으로써 작가가 한국인으로서 찾고자 하는 정체성이란 것이 이 소설 내에서는 천 수백 년 동안 육화된 불교에 다분히 의지하고 있다는 것을 알 수 있다.

덧붙여 『광장』은 남북한이 처한 시대적이고 역사적 상황이 여전한 것에 대한 꾸준한 환기를 불러일으키고 있는 작품이기도 하다. 이데올로기적 분단이란 외부적 문화 난입으로 인한 왜곡된 정치 상황일 뿐이라 볼 수도 있다. 그러나 그 분단이 갈수록 고착화·이질화의 길로 내닫고 있다는 밝지 않은 전망을 조금이라도 극복해보고자 했으며, 이러한 한국 현대사의 난맥을 불교적 성격과 정서로 이해하고 풀어볼 수 있지 않을까 하는 의지도 담았다고 할 수 있다.

2.『회색인』과『서유기』— 불교 전통

　『광장』을 발표하고 3년 남짓 지난 1963년, 최인훈은 첫 장편소설『회색인』을『세대』지 6월호에 싣기 시작하여 이듬해 6월까지 연재한다. 같은 해 그는 군에서 전역하여 전업작가의 길로 들어선다. 그 후「웃음소리」(『신동아』1966년 1월호),「국도의 끝」(『세대』1966년 5월호),『크리스마스 캐럴』연작(1963~1966년) 등 몇몇 주요 단편을 지속적으로 발표하면서 1966년,『서유기』를『문학』지 6월호부터 연재한다. 등단작부터『회색인』이전까지의 작품들은 군인신분으로 발표한 소설들이지만『회색인』을 시점으로 본격적인 소설가로서 창작에 매진한다.

　비교적 사실적이고 서사적인『광장』에 비하여,『회색인』과『서유기』에서는 관념적 색채가 더욱 짙어지면서 사건이라 할 만한 이야기는 점차 퇴색해간다. 이러한 관념성과 형식적 파격으로 말미암아 전통적인 서사적 소설에서 벗어난, 이른바 모더니즘적이고 실험적 성격의 소설이라 불리기도 한다. 전자에서는 사색과 토론이 소설의 대부분을 이루고, 후자에서는 상상과 환상이 그 자리를 차지한다.

　『서유기』를『회색인』의 후속편이라 보는 것이 일반적인데 일단 '독고준'이라는 같은 인물이 주인공이며 그의 신분과 인격도 차이를 보이지 않기 때문이다.

또한 줄거리 구성에서도 전편의 꼬리를 후편이 물고 이어지는 형식을 취하고 있다.『회색인』의 끝 장면에서 독고준은 자신의 방을 나서서 같은 집 아래층에 사는 여자―이유정의 방문을 열고, '문이 안으로 닫히며 그의 모습은 속으로 사라'진다. 프롤로그 격 같은 '고고학 입문 시리즈'에 대한 설명을 제외하면, 독고준이 이유정의 방을 나서면서부터『서유기』가 시작하고 마지막은 '뒷손으로 문을 닫고 자기 침대에 가 걸터앉은' 것으로 끝난다. 즉,『회색인』의 독고준이 이유정의 방을 나와 이층에 있는 자기 방까지 올라가는 시간이『서유기』전체의 시간적 배경을 이루고 있다. 실제 시간으로는 아주 짧은 순간 동안 독고준은 길고긴 상념과 환상의 정신적 여정을 밀고나간다.28)

『회색인』은 주인공과 등장인물들의 관념적 사변과 변설이 상당을 차지한다 하더라도, 등장인물과 줄거리가 서로 맞물려 나가기 때문에 사색과 사실을 대체로 구분할 수 있다. 그에 비해『서유기』는 주인공의 머릿속에서만 떠오르는 사고 작용과 우연히 명멸하는 환상체험이 대부분이다. 현실의 독고준이『회색인』이라면 독고준의 환상 여행은『서유기』인 것이다. 두 편에 등장하는 같은 주인공이 소설 사이에서 미약하게나마 행동을 이어가는 것과 주인공의 성격과 태도가 유사한

---

28)『서유기』는 우선 그 작품 구조나 기술 방법에 있어 이른바 전통적인 소설과는 완연히 다른 입장을 보여주고 있다. 말하자면 논리적으로 설명할 수 있는 일정한 스토리, 그리고 이 스토리를 그럴듯하게 전개해나가는 오밀조밀한 짜임새란 전혀 없는 것이다. 독자들은 어디서 어디까지가 우리들이 일상적으로 체험할 수 있는 관습화된 '현실'이며, 또 어느 부분들이 작가의 특유한 상상세계인가를 정확히 가려내기 힘들 정도이다. 아니, 작품의 구조적인 면에서만 따진다면『서유기』는 그 서두와 결말 부분만이 구체적인 현실이며, 기타 전 작품의 내용은 환상과 상상이 교체하는 장면으로 연결되고 있는 것이다. 최인훈, 최인훈전집 3,『서유기』, 송재영, 「분단 시대의 문학적 방법」(1977), 문학과지성사, 2008, 354~355쪽.

것으로 그 두 편을 연결 지을 수도 있다.

『회색인』과 『서유기』는 '회색인'인 주인공의 정신적 상태와 그가 보여주는 방황과 몽환을 제목에서부터 드러내고 있다.[29]

월남越南한 대학생인 독고준은 모든 일에 심드렁한 청년, 즉 회색인이다. 학비와 생활을 해결하기 위하여 북한에 살던 시절 자기 누나의 애인이었던 남자 집에 얹혀살기로 한다. 『광장』의 이명준과 월남한 대학생이라는 처지와 생활방식이 유사하여 이명준과 독고준이 같은 인물이라는 착각이 들기도 한다. 그러다가 우연히 발견한 그 남자의 노동당원증으로 그를 협박하는 중이다.

『회색인』의 색상은 불교 수행자들이 주로 입는 승복의 그것을 연상시킨다. 승복의 색은 괴색壞色[30]이라는 어느 한 쪽의 원색을 탈피하는 색이다. 그렇기에 회색인은 어떤 하나의 가치를 견지하거나 원리를 추구하지 않는다.

『서유기』는 그 자체로 '구도'의 곤고함을 말한다. 소설이 시작하는 장소로 원산 남쪽 석왕사 역을 설정한 것은 이야기를 불교 사찰에서부터 출발시키고자 함이다. 이는 독고준이 출발하고 있는 자리가 전통이

---

29) 인과율의 법칙을 무시한 채 마음대로 수축하고 확장하는 시공간의 세계를 떠도는 독고준의 여정에서 과거와 현재, 미래의 시간 구분은 사실상 무의미하다. 독고준을 둘러싸고 있는 것은 마치 한반도의 역사를 흐트러진 퍼즐처럼 잘게 쪼개서 흩뿌려놓은 듯한 공간이다. 이타카로 가는 여정에서 오디세우스가 끊임없는 장애물에 부딪히듯이, 혹은 삼장법사가 불경을 가지러 천축에 가는 길에 갖은 고초를 겪듯이 그 조각난 퍼즐들은 수시로 독고준의 여정을 극심한 혼란 속에 빠뜨린다. 인과율의 사슬로 꿰어진 역사의 일관성을 허구화하는 카오스의 세계 속에서 그는 흐트러진 퍼즐조각들처럼 어지럽게 부유하는 한반도의 어두운 역사의 동굴 안을 떠돌고 있는 것이다. 최인훈, 최인훈전집 3, 『서유기』, 박혜경, 「역사라는 이름의 카오스」(2008), 문학과지성사, 2008, 372~373쪽.

30) 괴색(壞色) : 『불교』 승려의 옷 색깔. 승려의 옷은 청·황·적·백·흑의 정색(正色)을 쓰지 않는 데서 이르는 말이다. 『국립국어원 표준국어대사전』.

고 그 전통의 주류가 불교적이라는 것을 암묵적으로 연상시키는 효과를 부여한다. 석왕사 역에서 전쟁 전 원래 살았던 W시(원산으로 추정)로 가는 여행, 이는 전통에서부터 출발하여 혼란스러운 현실을 찾아가는 여정이라는 상징으로 받아들여진다.

『서유기』는 삼장법사가 손오공을 비롯한 몇몇 제자와 함께 서방정토로 부처님의 말씀인 법法이 적힌 불경을 가지러 가는 여행기의 제목을 차용했다. 작가가 군이 삼장법사와 손오공이 주인공인 고전『서유기(西遊記)』의 제목을 자신의 작품에 빌려 쓴 까닭은 자명하다. 결국 삼장법사의 여행이나 독고준의 그것이나 매한가지로 구법求法의 여정이기 때문이다. 고전『서유기』를 기독교의『바이블[성경]』과 같은 이야기로 간주하기도 한다.31)

이 두 장편소설에서 주인공과 등장인물들이 펼치는 사색과 언설, 환상을 읽는 사이, 독자는 불교에 대한 여러 견해를 어렵지 않게 접할 수 있다.

---

31) 『서유기(西遊記)』의 사상은 깊다. 손오공을 다루지 못해서 부처들에게 응원을 청하러 가는 마귀들은 극락의 연못에 있던 고기이기도 하고, 말이기도 하고, 기르던 새이기도 하고, 고양이이기도 하고, 오래 가까이 두고 쓰던 기물이기도 하는 그 이야기에는 가장 깊은 사상이 있다. 그것은 3년 서당살이에 풍월을 읊게 된 서당 개들의 이야기다. 생명 없는 물건이, 혹은 제 분수를 넘은 동물들이 부처의 뜰에서 도망쳐 나와 소동을 피운 끝에 부처의 호통 한마디로 쥐구멍 찾듯 본모습을 드러낸다는 그 이야기는 훌륭한 자연철학이며, 논리학이며 신학(神學)이다. 목숨 없는 물건이 자기 환상(幻想) 속에서 '나'를 참칭(僭稱)하고 부처의 뜰을 벗어나 헤맨 끝에 부처의 노여움, 혹은 부르심으로 깨어 본래의 자리로 돌아간다는 것은 그대로 기독교의 창조·죄·구원의 이야기가 아닌가. 『서유기』는 위대한 책이다. 최인훈, 최인훈전집 3, 『서유기』, 2008, 문학과지성사, 2008, 261~262쪽. 각주 179) 참조.

가. 전통의 유실

독고준은 자유인[32]이자 회색인[33]이다. 선명한 가치관이나 뚜렷한 주장이 없다. 그 원인은 가치를 판단할 기준인 전통을 상실했기 때문이다. 회색 의자에 앉아 회색의 눈빛으로 세계를 응시하지만 이 점만은 분명히 하고 있다. 전통이란 어떤 것인지를 한 등장인물을 통해 설명해 주고 그것을 잃어버린 독고준의 내면 의식도 여실히 보여준다.

전통이란 옛것이란 말이 아니고 예로부터 흘러와서 지금도 살아 있는 정신의 틀이라고 할 수 있겠지. 전통은 말에만 나타나는 것이 아니고 문화의 모든 면에 나타나. 그러나 역시 가장 분명한 건 말로 나타내어진 것, 즉 사상일거야. 그러나 그러한 표현이 모자라다고 해서 전통이 없다는 말은 되지 않아. 아까도 말한 것처럼 전통이란 정신의 틀이니까, 그것은 언어 아닌 다른 것도 얼마든지 매개로 삼을 수 있어.

---

32) 분단된 남북조 시대의 상황으로 인하여 '독고(獨孤)' 상태에 처한 단독자의 초상인 독고준은 그야말로 고독한 자유인이다. 그는 기존의 경계를 허물고 기존의 영토를 넘어서 새로운 사유와 인식으로 진정한 삶의 지평을 열기를 간절히 소망하고 갈구하는 인물이다. 그 자신이 결여로 인해 매우 불완전한 존재임을 승인하는 인물이기에 결여를 넘어서기 위한 허심탄회한 보헤미안의 방랑을 서슴지 않는다. 물론 그에게 방랑이란 관념의 방랑이다. 거기서 끊임없이 새로운 길을 내고 지운다. 관계없는 것들을 짝짓기도 하고 관계있는 것들을 과감히 해체하기도 한다. 그렇게 해서 독고준은 1960년대 소설사에서 매우 독특한 인물로 호명되기에 이른다. 우리는 독고준을 이렇게 부른다. 남북조 시대를 가로지르며 잃어버린 자기를 찾아서, 혹은 정립된 적이 없는 자기를 찾아서, 열정적으로 자기 성찰과 세계 인식의 도정을 보인 존재의 연금술사라고 말이다. 최인훈, 최인훈전집 2, 『회색인』, 우찬제, 「모나드의 창과 불안의 철학시(哲學詩) — 최인훈의 『회색인』 다시 읽기」(2008), 2010, 문학과지성사, 399쪽.
33) 애써도 추어올릴 수 없는 이 허물어진 마음. 회색의 의자에 깊숙이 파묻혀서 몽롱한 눈으로 세상을 바라보기만 하자는 이 몸가짐. 최인훈, 최인훈전집 2, 『회색인』, 2010, 문학과지성사, 84쪽.

(……) 짐승일 경우는 그의 몸과 전통이 완전히 일치해 있다고 볼 수 있지. 그것은 전통의 그야말로 육화(肉化, incarnation)라고 하겠지만, 사람은 그게 안 돼. 이런 말을 하는 것은 요컨대 전통이란 것은 그것이 만들어지기까지 시간이 걸리고, 시간이 걸리지 않는 전통이란 있을 수 없다는 얘기야.[34]

황선생이라는 은자隱者를 내세워 당대 한국의 실정이 어떤 역사적 과정의 결과였는지를 고찰하고, 그런 상황을 파탈擺脫하려면 '불교'에 의지하는 방법이 유일하다고 설파하는 내용 중 전통에 대한 대목이다.

예로부터 지금까지 이어지는 정신의 틀이고 대개 사상으로 나타나지만 언어 아닌 것에도 무한정 담겨있는 것, 그것이 전통이라고 강변한다. 또한 그것이 이루어지고 수립되려면 장구한 시간의 축적이 필수적이라는 것이다. 그렇기 때문에 황선생이 말하고 있는 바로 그 시점에서 한국인에게 남아있는 거의 유일한 전통이란 '불교'밖에 없다는 결론을 도출한다.

그러나 회색인 독고준은 황선생과는 전통을 대하는 태도가 확연하게 다르다. 한국인으로서 태어나 살아간다는 자부심이 가득하다든가, 역사에 뿌리를 공고히 내려 그곳으로부터 공급받은 역사적 자양분의 힘으로 선명한 정체성을 수립하여 유지하고 있다면, 회색인이 아니다. 그가 전통의 한 상징적 유물로 생각하는 족보에 대한 인식을 일별一瞥해보면 충분히 수긍할 수 있다.

고이 간직한 족보책을 아주까리 등잔 밑에서 조심스럽게 펼쳐드는 순간, 그들의 눈앞에는 시적(詩的) 환상의 세계가 열렸을 것이다. 그것은 반드시 밥에 연결된 타산이었다고만 할 수는 없다. 밥까지도 포함

---

34) 최인훈, 앞의 책, 221~223쪽.

한 더 넓은 삶의 신비를 그들은 느꼈을 것이다. 아득한 선조의 업적을 자기의 자랑으로 느낀다는 작업은 가장 보편적인 고전(古典) 연습(演習)이며 전통 계승의 방법이었을 것이다. 거기서 그들의 윤리가 나왔다. 거기서 그들의 모든 것이 나왔다. 누백천 년을 두고 끊어짐이 없는 삶의 거구(巨軀), 그것은 매머드와 같은 생명의 모습이다. 세기와 세기를 넘어서 한없이 뻗친 지체(肢體)를 가진 공룡(恐龍). 그렇지. 족보란, 커다란 커다란 공룡이다.[35]

이 땅에 대대로 살아왔던 선인들이 족보를 대할 때 그랬음직한 태도를 상상해보는 부분이다. 전통 가운데서도 가장 직접적이고 물리적인 핏줄의 연결, 혈연으로 이어져 내려오는 족보는, '시적 환상의 세계'로 들어가는 관문이자 '가장 보편적인 고전연습'이며 결국은 '전통 계승의 방법'으로까지 확장한다. 그 결과 '거기서 그들의 윤리가, 그들의 모든 것이 나왔다.

그런데 문제는 '누백천 년을 두고 끊어짐이 없는 삶의 거구', 즉 '매머드와 같은 생명의 모습'이었던 그 족보가 지금은 단순히 '커다란 커다란 공룡'으로만 느껴진다. 생명을 가진 매머드가 지표에 그 커다랗고 뚜렷한 족적을 남겼던 시절이란 빙하기 이전 시기였다. 한 순간에 당했던 그 멸종에 대해서는 여러 학설이 분분하지만 어쨌든 공룡은 현재 화석으로 뼛조각 몇 개만 남았을 뿐이다. 생명과 존재의 근원이었던 족보가 화석으로만 남은 현실, 그것이 독고준이 인식하는 전통傳統의 지금 모습이다. 이렇게 정통正統을 보증해줄 수 있는 족보를 상실해버린 족속은 결국 멸망의 길로 갈 수밖에 없지 않겠느냐고 반문한다.

---

35) 최인훈, 앞의 책, 311쪽.

정통(正統)은 없다는 것. 족보(族譜)는 불타버렸다는 것. 돌아갈 고향은 없다는 것. 이것이 분명한 사실이 아닌가. 저 많은 사람들. 거짓말 족보를 끼고 거리에서 성혈을 보리냉차처럼 파는 사람들을 경멸하는 것이 참다운 용기 가진 사람이다. 그들은 두려운 자들이 아니다. 그들은 어차피 멸망할 사람들이 아닌가.[36]

자신의 정체와 정통성을 확실히 증명해줄 수 있으며 손에 꽉 잡히는 물건인 족보는 침략과 강점, 그에 따른 전쟁과 실향으로 불가피하게 '불타버렸다.'

더구나 전통이 유실된 상태에서는 쉽게 빠질 수 있는 '함정'이 도사리고 있다. 그것은 바로 전도顚倒된 문화의 선봉에 선 자아가 도착倒錯된 인간, 그가 이 땅의 '돈키호테'이다. 또한 다른 여러 나라에서 흘러들어온 갖가지 이국종 풍토가 넘쳐나는데, 그것의 강요된 세례를 받아 그 유입된 문화의 적통자라고 착각하는 모방의 허영에 빠진 인간, 다름 아닌 '선교사 부인을 흉내 내는 원주민 아가씨'다.[37] 회색인의 눈에 비치는 세상이란 이런 착란된 정신이 올곧았던 전통을 밀어내고 그 역할을 대신하는 비틀어진 절망만 가득한 곳이다.

확실하게 손에 들고 있었던 전통의 증거인 족보는 잃어버렸다. 그래도 우리는 이 땅에 존재하고 있다. 불타서 없어진 것은 어찌할 수 없다 하더라도 어떤 흔적은 어딘가 남아있지 않을까? 혈액처럼 끈적하게 감촉할 수는 없어도 마음으로 감지할 수 있는 그 느낌, 그것은 다름 아닌 불교적 염원이자 육화된 불교이다.

---

36) 최인훈, 앞의 책, 359쪽.
37) 돈키호테는 되지 않겠다는 것 선교사 부인을 흉내 내는 원주민 아가씨는 되지 말자는 것이 내 결심이 아니었나—빌어먹을 이놈의 세상을 살자면 함정 투성이구나 그런데 나는 그걸 할 뻔했으니천만의 말씀이다 드라마여 안녕 난 그런 각본에 끼지 않는다. 최인훈, 앞의 책, 362쪽.

나. 불교의 육화

한국에 산재한 불교의 모습은 어떤 형상인가. 독고준의 절친한 친구, 김학은 경주의 석굴암을 찾아가서 찬찬히 살펴본다.

> 학은 벽에 새긴 불상을 하나하나 돌아보았다. 여래상과 다른 점은 먼저 이분들은 다 서 있는 모습이라는 것이고 다음에는 퍽이나 인간적인 신들이었다. 그중의 어떤 늙은 부처는 짓궂은 할아버지(?) 같은 우스운 얼굴을 하고 있었다. 도도하게 거만을 떠는 사람은 하나도 없다. 소박하고 너그러운 용모. 도사리지 않은 자연스런 몸가짐. 이 부처들은 오랜 세월 가운데 여래상을 모시고 지내면서 이렇게 순수했다. 이것을 새긴 사람의 손은 이 고장 사람의 손이었을 게고, 만들면서 그의 가슴에 있던 본도 이 고장사람들이었을 것이다.[38]

불상들의 모습은 '소박하고 너그러운 용모'를 띠고 있다. 아주 오래 전에 '이 고장사람들'이 그들의 손으로 그들의 '본'을 떠서 불상들을 파냈던 것이다. '자연스런 몸가짐'으로 가운데 앉아계신 여래상을 모셨던 '순수'한 사람들. 그때의 사람들이 그대로 불상으로 옮겨가고 그 불심은 여래를 모신다. 그러면서 천수백 년을 내려왔다. 바로 손끝에서 실현된 전통의 모습 그대로가 아닐 수 없다.

나아가 김학은 형의 권유로 앞서 전통에 대해서도 일견을 피력했던, '멀리 토함산이 왼쪽으로 바라보이는 시외에 자리 잡은 자그마한 기와집'에 살고 있는, 형이 '현자賢者'라 부르는 황선생을 찾는다. 그 황선생은 김학에게 유장한 변설을 토로한다.

---

38) 최인훈, 앞의 책, 166쪽.

불교밖에는 없지 않겠나? 2,000년 동안 줄곧 내려온 커다란 줄기야. 비록 지금 보기에는 약해 보일지 모르지만, 그렇지 않아. 돌파구만 생기면 언제든지 뿜어나올 수 있는 우리들의 저력(底力)이야. 불교가 보잘것없는 종교라면 덮어놓고 우길 수야 없겠지만, 비할 수 없이 높고 깊은 진리인 데야 결론은 확실하지 않아? 2,000년의 투자(投資)를 죽을 쑤는 수가 있나? 이보다 확실한 이치가 어디 있을까? 기독교가 비록 서양에서 시작하지 않았지만, 2,000년 동안에 그들의 것이 되었듯이, 불교도 우리 것이야. 아니, 우리야. 바로 우리야.39)

당대에 벌어지고 있는 그지없이 어지러운 한국적 상황에 대한 당연하고 단호한 해결책으로, 서슴없이 불교적 진리밖에 없다고 확신한다. 왜냐하면 그 진리는 '비할 수 없이 높고 깊기' 때문이다. 물론 지금은 미약해서 찾아보기도 어려울 지경에 처했지만 '우리들의 저력'임에는 분명하다고 단언한다.

서구 문명이 자생적이지도 않은 기독교를 받아들여 그 바탕의 힘으로 세계를 휩쓸었듯, 더욱 당연한 논리로 볼 때, 이천 년간 체화(體化)되어 우리 그 자체라 단언할 수 있는 불교로 우리 문화를 중흥할 수 있을 것이란 믿음이다. 그 다음으로 어떻게 그 불교를 직접적으로 실천할 수 있는지, 불교의 인연과 사랑에 관하여 말을 이어간다.

불교에 인연(因緣)이란 말이 있어. 나는 이 말을 사랑해. 우리가 한국 사람으로 태어나서 동포가 되었다는 것도 인연이고, 부모 형제간이 되었다는 것도 인연이야. 이 인연이란 사상은, 자기에게 가장 가까운 타자에게 왜 제일 친밀감을 느끼는가 하는 인간적인 정(情)을 잘 풀이해주고 있어. (……) 물론 불교는, 인연의 사슬을 끊고 공(空)으로 화하는 데서, 즉 신의 입장에 서는 데서 타인에 대한 사랑이 나온다고 말하고 있어. 그러나, 공을 깨닫는다 하더라도, 현실의 인간이 서는 자리

---

39) 최인훈, 앞의 책, 223쪽.

II. 작품별 불교적 성격 · 63

는 그래도 인간인 것이지 신은 아니야. 사람이 깨닫는다는 것은 비인(非人)이 되는 것이 아니라, 진인(眞人)이 되는 것이야. 마치 석가모니가 법을 알리기 위해서 이 세상에 현신(現身)한 것처럼, 깨달은 사람도 인간을 사랑하기 위해서는 인간 세상에 머무는 길밖에는 없어. 불경에 보면, 보살은 중생을 건지기 위해서 스스로의 성불을 미루었다고 했어. 보살도 인연에 매여 있는 거야. 사랑은 이렇게 구체적인 거야. 불교가 가르치는 사랑은 어느 때 어느 장소에서 가장 가까운 사람을 사랑하라는 것이지, 추상적인 남을 사랑하라는 말이 아니야. 이것은 사해동포의 이상에 조금치도 어긋나지 않아. 왜냐하면 사해동포를 사랑하기 위해서는 결국 바로 곁에 있는 사람부터 사랑해가는 길밖에는 없지 않나. 불교의 사랑은 이렇게 실천적이고 구체적이야.[40]

　인간들이 동포가 되고 부모형제간이 될 수 있도록 연기緣起한 인연이란 타자他者를 향한 사랑을 필연적으로 수반하며, 그 사랑은 구체적으로 '바로 곁에 있는 사람'부터 실현할 수 있다. 이것이 '불교의 사랑'이다.

　'물론 불교는 인연의 사슬을 끊고 공空으로 화化하는' 즉, '깨닫는' 것을 궁극적 목표로 한다. 그것이 또한 해탈이라는 것이고 그것을 이룰 수 있다면 '신神의 입장'에 서는 것이다. 그러나 공을 깨달아 해탈하여 신이 되어도 '현실의 인간이 서는 자리는 그래도 인간의 것'이다. 깨달은 사람은, 신은, 인간이 아닌 존재[非人]가 아니라 진정한 인간[眞人]이 되는 것이며, 그 진정한 인간, 보살은 '중생을 건지기 위하여' 신이 되는 '성불'을 미루기까지 한다. 사해동포를 사랑하는 방식은 '바로 곁에 있는 사람부터 사랑해가야' 하기 때문에. 이런 사랑은 우리 범인들도 실천할 수 있을 만큼 구체적이다.

---

40) 최인훈, 앞의 책, 223~224쪽.

바로 우리 땅에, 우리 이웃에, 내 몸 안에, 살아 있는 진리를 두고 이
제 또 무엇을 찾아야 할까. 불교가 바로 우리 손 닿는 데 있다는 것도
인연이야. 더구나 2,000년이나 얽히고설킨 인연이야. 이 인연의 마디
를 풀 생각을 하는 것이 제일 자연스러운 일이 아닐까?[41]

결국 인간이, 구체적으로는 한국인이, 되살려야할 전통의 불씨와 역
사의 근간은 '몸 안에, 살아 있는 진리'인 불교라는 것이다. 한국인과
불교 사이에 '2,000년이나 얽히고설킨 인연'을 풀어가는 것이 '제일 자
연스러운 일'이라고 결론을 짓는다.

종교적 신앙이나 교의를 포교하거나 설법하는 것은 아니다. 그런 방
식은 '자연스럽지' 않기 때문이다. 한국인의 정신 유전자에 스며서 대
대로 내려온 '소박하고 너그러운 용모와 도사리지 않은 자연스런 몸가
짐.' 이것이 육화된 불교라는 전통이며, 이것을 찾아내려는 노력이 바
로 숱한 이질적인 것들로 뒤섞인 회색의 혼돈에서 빠져나와 모든 것을
분별할 수 있는 밝은 세상으로 가는 길이라고 권유한다.

『서유기』는 원산 남쪽 설봉산 자락에 위치한 '석왕사'에서 원산으로
가는 짧은 거리의 기차 여행을 소설의 배경으로 설정하고 있다. 그러나
구체적 사건 구성이나 사실적 묘사는 거의 찾아볼 수 없고, 맥락이 닿지
않는 여러 인물의 연설이나 알 수 없는 곳에서 흘러나오는 뜬금없는 방
송들이 이어진다. 분단 이후에 아무리 그곳이 고향이었다 해도 남한으
로 넘어온 사람이 직접 가볼 수 없는 곳이라는 불가능함으로 인하여, 현
실감을 버리고 상상으로만 그 여정을 채우려는 것으로 보이기도 한다.

이 소설에서도 역시 주인공인 독고준이 석왕사 역에서 간신히 출발

---

41) 최인훈, 앞의 책, 225쪽.

하여 갖은 우여곡절 끝에 가까스로 도착한 도시, W의 언덕마루 꼭대기에는 '토치카'가 서있다. 그 안에 있는 전화기에서 '대한 불교 관음종 방송'[42]이라고 천명하는 소리가 울려나온다.

　　속세(俗世)에 대한 경멸, 이것이 우리를 지게 하였습니다. 불교는 이 점에서 더욱 철저했습니다. 왕도(王道)나 중생 구제에서 속세에 대한 존경이 동기가 돼 있는 것이 아닙니다. 속세의 기쁨이 아니라 속세에 대한 불쌍히 여김, 이것이 동양의 위대한 행동자들의 심리적 본질이었습니다. 이런 태도는 순수 사변 속에서나 예술의 경지로서는 가장 뛰어난 것이지만 현실의 논리로서는 패배주의로 귀착하게 마련입니다. (……) 불경에 결함은 없습니다. 그러므로 고칠 것은 불경이 아닙니다. 생명력이 모자라지도 않습니다. 그러므로 두려워할 것도 없습니다. 모자란 것은 무깁니다. 그들보다 우수한 무기를 만드는 일이 문제입니다. 이 무기를 만드는 일을 우리는 정치의 핵심이라고 부릅니다. 무기를 만들 것을 위임받은 자들이 사심(私心) 없게 감시하는 것, 이것이 오늘의 불교의 임무올시다. (……) 불교는 어떤 권위나 개인도 실체적으로 절대화되는 것을 거부하며 사유(私有)에 집착하는 것을 거부합니다. (……) 자아의 속에서 법(法)을 깨닫고 유지하고 법열(法悅)하는 시대는 지났습니다. 자아의 밖에서, 자아의 사이에서 법을 지킵시다.

---

42) '대한불교관음종'은 현재 한국 불교의 한 종파로 실재한다. 그러나 『서유기』 속에 나오는 '관음종'은 이 종파와 직접적인 관련은 없다고 보며, 단지 작가의 창작상 표현으로 추정한다. "대각국사 의천을 종조로 묘법연화경을 소의경전으로 의지하는 본 종단은 선암사 경운선사를 은사로 득도하신 태허조사스님께서 창종하시어 산문을 여셨다. 대각국사 의천(大覺國師 義天:1055~1101)은 고려 교장(教藏: 2005년 교육부는 일제시대 잘못 오역된 속장경(續藏經)을 교장으로 정식 교과서를 교정함)을 간행하시고 묘법연화경을 한국에 뿌리 내리게 하신 대한불교관음종의 종조(宗祖)이시다. 훗날 종조 대각국사의 뿌리는 전라남도 순천 선암사(仙庵寺)의 경운원기(擎雲元奇)(1852~1936) 선사께 이어지고 관음종 개산조 태허홍선(太虛弘宣) 조사스님께로 그 법맥(法脈)이 이어진다." 대한불교 관음종 홈페이지(http://www.kwanum.or.kr/), 종단 소개, 종조 항목

이것은 불교로서는 새삼스러운 일이 아닙니다. 불적(佛敵)들은 불교에 정적주의(靜寂主義)의 허물을 씌우려 합니다만 불교의 어떤 한정된 모습에 대한 비판이라면 몰라도 논리적으로는 전혀 증거가 없는 소립니다. 불교는 정적과 활동, 삶의 이 두 얼굴을 모두 자기 논리 속에 포섭하고 있습니다. '色卽是空 空卽是色'입니다. 불교는 이 공과 색의 힘찬 상보적(相補的) 운동 속에 그 본질적 힘을 가지고 있습니다.[43]

동양의 정신세계 안에서 견지해온 속세를 철저히 경멸하는 태도는, 예술에서는 탁월했지만 현실에서는 패배주의였다. 그것을 극복하기 위해서 완벽하고 생명력 넘치는 불경을 고칠 필요는 없고, 범접해오는 무리들을 물리치기 위해 우수한 무기를 만들어야 한다는 것, 이것이 정치의 핵심이다. 이러한 정치를 위임받은 자들을 사심 없도록 감시하는 것이 오늘날 불교의 역할이라고 힘주어 말한다. 불교가 그간 정적靜寂에만 머물렀던 시대는 지났으며, 있음과 없음을 동시에 취하여 서로를 보완하는 것이 불교의 '본질적 힘'이기 때문에, 불교적 진리와 논리에 입각하여 비판과 행동을 취해야 한다는 주장이다.

『회색인』에서 석굴암 불상에서 누천년 내려온 우리의 모습을 찾아보면서 한국인과 불교의 인연을 자연스럽게 풀어갈 것을 이야기하고, 『서유기』에서는 '공과 색의 힘찬 상보적 운동'에 입각한 현실에 대하여 불교의 적극적인 행동을 촉구한다.

독고준은 『회색인』에서, '우리 예술의 전통은 로고스에 뿌리를 둔 미학에 있지 않고 선禪의 미학 위에 서 있다. 로고스와 분석에 대한 철저한 불신임이다. 그래서 물에 물 탄 듯 술에 술 탄 격이다.'[44]라고 회색인다운 정의를 내린다.

---

43) 최인훈, 최인훈전집 3, 『서유기』, 문학과지성사, 2008, 319~321쪽.
44) 최인훈, 최인훈전집 2, 『회색인』, 문학과지성사, 2010, 130쪽.

한편, 『서유기』에서는 불교의 힘에 대한 주장을 전화기에서 흘러나오는 방송으로 듣기도 하고, 발밑에 떨어져있던 노트를 통하여 '미적 창조美的 創造 ― 시詩'에 대한 수십 면에 걸친 논문45)을 접하기도 한다.

그 글에서 시론詩論이라며 설파하기를, '시詩란 것도 선각禪覺에 이르는 수업의 방편'이며 또한 '깨달음을 이룬 다음에는 부처의 고마움을 시적 형상이란 방법으로 선전한다는 보살행'46)이라고 요약한다. 그렇기에 시詩 혹은 예술의 창작을 대단히 불교적인 어휘들 ― 기도祈禱, 대비大悲의 자력慈力, 원만圓滿의 모습, 자광편만慈光遍滿, 서방정토西方淨土, 아미타불阿彌陀佛의 본원本願, 제도濟度의 완성, 여래如來의 업業 등을 나열하면서 설명한다.

또한 '예술이란 농담이다, 놀음이다, 장난이다'라고 전제한 다음, 존재는 역설이자 야누스이고, 제 그림자와 싸우는 것이 모든 사고思考의 참모습[眞相]이라 주장한다. '이론철학사의 내용'이나 '비판정신'이란 신기루를 잡으려했던 선인仙人의 말꼬리를 잡는 쩨쩨한 짓이라 비난하기도 한다. 이렇게 정신이 추구하는 것은 허상에 불과하기 때문에, '크낙한 슬픔이 다가섬을 어찌할 수 없지만', 그것은 충분히 인내할 수 있다.

그리고 문득 보는 창 너머 저편 새파란 여름 하늘을 모르는 척 흘러가는 구름의 모습이 깊은 찬탄의 한숨을 불러낸다. 그것은 관세음보살의 거룩한 노니심인지 모른다. 아니 그저 구름이어서 좋은 것이다. 구름, 구름. 저 구름, 저 하늘의 흰 구름의 마음이 내 것이 됨은 과연 어느 날일 것인가!47)

45) 최인훈, 최인훈전집 3, 『서유기』, 문학과지성사, 2008, 237~262쪽.
46) 최인훈, 앞의 책, 241~242쪽.
47) 최인훈, 앞의 책, 251쪽.

'관세음보살의 거룩한 노니심'과 같은 '새파란 여름 하늘을 모르는 척 흘러가는 구름의 모습'을 볼 수 있는 것만으로도 보살의 길을 우러르기에 족하기 때문이다. 나아가 '저 하늘의 흰 구름의 마음'이 되고자 기원하지만 그 심상心相은 요원遙遠하기만 하다.

시詩로 상징할 수 있는 창조적 예술이란 허상을 따르는 것과 다르지 않지만 그것을 보살행과 같은 것으로 보고자하는 것이다. 예술행위조차 불교적 염원으로 설명하고 있다.

석굴암 불상의 모습으로 존재하는 천년을 넘게 내려온 불심, 지금은 미약하나 한국인에게 잠재하고 있는 불교의 저력, 인연에 엮인 사람을 사랑하라는 구체적인 불교의 사랑, 한국인과 불교 사이에서 이천 년 간 이어온 인연을 풀어낸다는 것의 자연스러움, 공과 색의 상보적 운동에서 분출하는 불교의 본질적인 힘, 마침내, 예술의 창조도 결국은 보살행이며 자신도 그 경지에 이르고 싶다는 염원. 이러한 것이 한국인에게 육화되어 있는 불교의 양상이라고 서술하고 있다.

> 그리고 사람은 자기가 살고 있는 시대를 뛰어넘으려고 하는 건 불행한 일이라고 나는 생각하게 됐어. 내가 배를 타고 있을 때 불국사가 보고 싶어졌다는 것, 그건 뭐, 불국사가 세계에서 가장 뛰어난 예술이니 하는, 그런 쇼비니즘이 아니야. 이 넓은 천지에 유독 그곳이 나의 곁에 있었다는 그 우연을 사랑스럽게 생각하게 됐다는 것뿐이야. 그것을, 팔자를 사랑하는 것이래도 좋아. 내가 한국인이라는 것, 그것은, 내 팔자야. 운명이래도 좋고. 인연(因緣)의 사슬에 그저 맹종해서 새로워지지 않으려는 건, 어리석겠지만 자기가 출발하는 자리를 분명히 알고 그 자리가 불행한 자리라면 그런 자리에 더불어 서 있는 이웃을 동정하고 도우려는 마음가짐, 이 길밖에는 없어.[48]

---

48) 최인훈, 최인훈전집 2, 『회색인』, 문학과지성사, 2010, 157쪽.

해군장교인 김학의 형은 동생에게 위와 같이 고백한다.

인연이 연기한 '불행한 자리'에서 그 자리에 더불어 서 있는 이웃을 불쌍히 여기는 마음 ─ 이것은 이미 우리가 익히 알고 있는 '자비심 가득한 보살행'이 아닐 수 없다. '인연의 사슬에 그저 맹종하는' 육화된 불심은 보살행의 원천이며 보살행의 실천은 살아간다는 것 자체라 할 수 있다.

그러나 『회색인』과 『서유기』, 두 작품에서 추출해낸 육화된 불교에 대한 관념과 언급은 작가가 어떤 의도를 가지고 삽입한 소설내용이기는 하지만, 아직 주인공의 주체적 사고나 주장은 아니었다. 이후에 나오는 작품들 ─ 『소설가 구보 씨의 일일』과 『화두』에서 작가의 분신인 '구보씨'와 작가 자신인 '나'는, 불교에 대한 더욱 농후한 정서와 기대를 드러낸다.

다. 외래문화와 불교전통

남한에서 북한으로 넘어가서 한국전쟁을 치르고 '송환거부포로'라는 신분을 지닌 채 중립국으로 향하는 『광장』의 이명준은, 배안에서 '스탈리니즘과 기독교, 특히 가톨릭을 한 가지 정신의 소산으로 보는 아날로지'를 적어본다.

그리스도교	스탈리니즘
1. 에덴 시대	1. 원시 공산사회
2. 타락	2. 사유제도의 발생
3. 원죄 가운데 있는 인류	3. 계급사회 속의 인류

4. 구약 시대 여러 민족의 역사	4. 노예·봉건·자본주의 사회의 역사
5. 예수 그리스도의 나타남	5. 카를 마르크스의 나타남
6. 십자가	6. 낫과 망치
7. 고해성사	7. 자아비판 제도
8. 법왕	8. 스탈린
9. 바티칸 궁	9. 크렘린 궁
10. 천년왕국	10. 문명 공산사회

> 에덴 동산에서의 잘못에서 법왕제에 이르는 기독교의 걸음걸이는, 그대로 코뮤니즘의 낳음과 자람의 걸음에 신기스럽게 들어맞는 것이었다. 그들은, 쌍둥이 그림이었다.[49]

이런 도식을 작성한 이명준은 마르크스가 헤겔의 제자였다는 점을 상기하며, '헤겔의 철학은 바이블의 에스페란토 옮김이었다'라고도 생각한다.

그리고 북한 공산주의 사회에 대하여, '초대 교회의 고지식한 정열과 알뜰한 믿음을, 현대 교회에서 찾아볼 수 없는 듯이, 비록 코뮤니즘이 겉으로는 넓은 땅을 거느리기에 이르렀지만, 그 창시자들의 바르게 생각하고 착하게 살려던, 고지식한 마음은 없어진 지 오래'라고 결정한다. 남한 자본주의 사회의 개인적 탐욕과 이기주의를 경멸하여 북으로 올라갔던 이명준은 그곳에서 공산사회가 '헛것을 섬김을 똑똑히 보았다'고 자술한다.[50]

여기에 나타나는 이명준의 '그리스도교'에 대한 인식은 종교적 신앙

---

49) 최인훈, 최인훈전집 1, 『광장/구운몽』, 『광장』, 문학과지성사, 2010, 183~184쪽.
50) 최인훈, 앞의 책, 185쪽.

이나 교의教義와는 별반 연관이 없고 또한 영적인 구원에도 관심이 없는 것으로 보인다. 그는 그리스도교나 스탈리니즘이나 서양에서 수용했거나 발원하여 그곳에서 발전해온, 순수한 서양문화의 일단으로만 인정한다. 기독교의 종교적 신앙에 대한 견해는 전혀 언급하지 않는다. 단지 적절하지 못했던 시대에 잘못된 방식으로 한국에 유입되어, 동족상잔을 겪게 했고 중국에는 분단을 초래한, 잘못 이해하고 무분별하게 실행한 이데올로기의 원형일 뿐이다.

『회색인』의 독고준은 이러한 서양문화 내지는 서양 이데올로기에 대한 인식을 더욱 심화시킨다. 그에게 있어 기독교는 서양의 한 신화일 따름이다. 서양에서 한계를 절감한 기독교는 이른바 세계화를 통해 위기를 넘겨왔다는 것이다. 기독교의 신학적이고 신앙적인 영혼 구제에는 이명준과 마찬가지로 전혀 의미를 두지 않고, 단지 서양이 그들 이외의 지역에서 자신들의 이익을 도모했던 문화적 확장 논리였을 뿐이라고 판단한다. 그래서 그리스도는 '이방인'이고 '우리는 다른 각본의 등장인물'이다. 이런 것이 독고준의 서양 종교관이다.

> 나사렛의 이방인 이야기를 들을 때 언제나 타관 사람을 대하는 미묘한 어색함은 이 때문일 것이다. 신은 죽었다 할 때 그 말은 필경 서양 사람들에게 대하여 죽었다는 말이다. 서양은 세계가 아니라 그 부분. (……) 우리들 동양인은 그리스도교의 비유와 심벌이 가지는 미학적인 일반성을 역사적인 동시성으로 착각 당해왔다. 불쌍한 정신적 강간. 영국 자본주의가 해외 식민지 경영을 통해서 자기 사회의 모순을 완화하고 위기를 넘어서고 활력을 찾은 것처럼, 서양 속에서 막다른 골목에 선 기독교는 선교라는 공간적 확대를 통하여 위기를 완화해온 것이다. (……) 서양의 언어가 우리를 정복한 것이다. 핏줄이 다른 언어를 (언어라고 얕보고) 받아들였을 때 우리는 그 언어 뒤의 역사까지도 받아들였던 것이다. 그리스도는 우리를 떨게 하지 않는다. 그는 나와 무관한 이방인이다. 그러므로 그와 나 사이에 드라마는 없다.

우리는 다른 각본의 등장인물이다. 동양인과 서양인이 만나는 자리는 서로 족보를 겸허하게 포기한 자리여야 할 게다. 독립은 주고도 연방으로 얽어매려는 친구들, 얼마나 놀라운 정치적 천재들인가? 죽은 놈만 억울하다는 식으로, 서양이 저지른 악(惡)에 대해서는 어느 누구의 입에서도 회개의 말이 나오지 않는다.[51]

한편, 앞서 살펴보았듯, 『회색인』의 현자 등장인물, 황선생은 한국적 불교의 신봉자信奉者이자 선양자宣揚者이다. 그렇기 때문에 기독교에 대해서는 도저히 한국적일 수도 한국화할 수도 없다고 믿는다. 기독교가 떠받치고 있는 사회는 전적으로 서양사회이며 그 가치 또한 서양에서만 아직 살아 숨 쉰다고 생각한다.

민주주의에 대한 신념이 전적으로 기독교에서 온 것이라 볼 수는 없지만, 그러나 남을 사랑하고 평등하게 사회를 움직여야겠다는 생각의 뿌리에는 기독교의 사랑과 봉사의 정신이 그 바탕을 이룬다는 것. 사람을 사랑하는 것이 하나님을 기쁘게 하는 길이라는 신념이 사회 지도자들의 신념의 기반이 되어온 것은 틀림없는 일이었기 때문이다. 자본주의의 악이다, 제국주의다, 기계 문명이다, 하면서도 서양 사회가 무너지지 않은 건 이 기독교 덕분이며, 옛날에는 신이 직접 국가에 권위를 내려줬던 것을 현대에 와서는 개인(혹은 국민)을 거쳐서 국가에 수여한다는 식으로 하향식에서 상향식으로 방향이 바뀌었고, 절차로 본다면 회로回路가 한 바퀴 늘어서 실행되고 있다고 본다. 이런 것이 민주주의이며, 결국 서양 사회에는 신의 상징인 이 교회가 건재하기에 그런 사회를 유지하고 있다고 분석한다. 그러나 '그런데 우리에게는 그것이 없다'고 단정한다.[52]

---

51) 최인훈, 최인훈전집 2, 『회색인』, 문학과지성사, 2010, 139~141쪽.
52) 최인훈, 앞의 책, 211~213쪽.

또한 황선생은 공산주의 사회에 대해서도 기독교적 사상을 적용하는데 주저하지 않는다. 그는 서양 사회가 공통으로 가지고 있는 게 있다면 아직도 그것은 기독교이며 소련조차도 그렇다는 것이다. 그러면서 마치 기독교가 그래왔듯이, 공산주의는 절대 진리고 이 진리를 믿지 않으면 멸망할 것이며 소련은 먼저 공산주의를 이룬 나라니까 모든 국민은 소련을 도와야 한다는 논리는, 어떤 파의 광신적 기독교들의 민망스런 사명감하고 다르지 않다는 것, 공산주의는 말하자면 '역逆의 기독교'라 할 수 있다고 잘라 말한다. 그렇기 때문에 서구 자본주의 진영과 동구 공산주의 진영이라는 대립은, 서로마제국과 동로마제국의 대립, 플러스의 기독교와 마이너스의 기독교의 싸움이기에, 그들의 싸움은 밖에서 온 것과 싸우는 게 아니라 안에서의 싸움, 자기가 자기와 싸우는 싸움, 즉 부단히 계속되고 있는 혁명 상태로 인식한다.[53]

　이것은 구소련이 러시아로 국명을 환원해서 미국을 중심으로 하는 서방사회와 패권을 놓고 힘겨루기를 멈추지 않는 21세기에도 적용할 수 있는 논리라고 할 수 있다.

　자본주의와 공산주의의 대립이 비교적 근대적이라면, 원천적으로 그리스도 출현 이후 서양세계는 신의 존재와 그에 대한 대립의 역사라 할 수도 있다. 세상은 신神이 창조하고 주관하기 때문에 그 세상에서 살아가는 인간으로서는 끊임없이 신에 대하여 호응과 대립의 작용을 펼쳐야했다. 크리스트 대對 안티크리스트, 그러나 큰 틀에서 보면 안티라는 것도 대립적이라기보다는 크리스트 안에 묶이는 부분이라 할 수 있다. 크리스트가 있었기 때문에 안티크리스트도 발생한 것이므로, 크리스트 : 안티크리스트 = 크리스트 ⊇ 안티크리스트.

---

53) 최인훈, 앞의 책, 216~218쪽.

결국 서양문명의 근저를 유지하면서 다양한 발현으로 진행해온 문화적 패러다임 혹은 문명적 코드로서 기독교를 인식하고 있다.

그러면 역시 황선생이 생각하는 불교는 어떤 원리로 세상을 설명하는가.

여기에 한 개의 주사위가 있다고 생각하게. 이 주사위는 좀 이상해서 그 여섯 개의 면(面)이 각각 살아 있어서 쉴 새 없이 자유 운동을 한다고 가정하게. 그러니까 가만둬도 이리저리 면이 바뀐단 말이지. 그리고 여기에 어떤 거인(巨人)의 손이 있어서 이 움직이는 주사위를 집어서는 던지고 집어서는 던지면서, 어떤 놀음을 하고 있다고 상상하게. 이 면(面)들이 역사상의 민족이라 하고 거인의 손을 역사의 법칙이라 한다면 어느 면이 나오는가는 이 주사위 스스로 움직이는 미시적(微視的) 자유 운동과 거인의 손에 의한 거시적(巨視的) 자유 운동의 합이 만들어내는 우연이 아니겠는가. 인과의 율을 따지고 보면 그 깊은 심연 속에는 뜻밖에도 이 '우연'이 미소하고 있단 말이야. 불교에서는 이 이치를 공(空)이라고 말하고 있어. 공이기 때문에 노력할 필요가 없다고 할 수는 없어. 노력하는 것도 인연(因緣)이며, 인연은 공이라는 것이지. 불교 철학은 인과율의 막다른 골목, 그 아포리아에서 한 발 더 나가서 이 공을 본 것이야. 나는 우연·공·운명·신(神)―이것들은 다 한 가지 뜻이라고 생각해.[54]

역사를 일궈내고 진행시키는 모종의 법칙이 빚어낸 '인과율의 막다른 골목', 미시적 자유 운동인 민족과 거시적 자유 운동인 역사의 법칙이 만들어낸 합슴이 우연이라는 것. 이 우연이 공이고 인연도 공이다. 우연―공―인연―공―다시 우연―다시 공―다시 인연―다시 공……, 이렇게 무한 순환하기에 결국은 '다 한 가지 뜻'이라는 원리를, 그 '인

---

54) 최인훈, 앞의 책, 206쪽.

과율의 막다른 골목'을 넘어서는 원리로써 불교는 제시한다는 것이다. 한국역사에서 이런 원리는 '나라가 망할 때까지' 작동했다.

> 우리도 이 고을이 번성해서 잘살았을 때는 불교라는 걸 가지고 있었어. 조선의 유교를 욕하지만, 조선 선비 가운데 뛰어난 사람들의 높은 지조는 유교의 덕이었어. 불교와 유교가 신라와 고려와 이씨조선을 받친 주춧돌이었어. 그 주춧돌이 썩고 바스러지니 그들도 망하지 않았던가? 신라의 불교가 쇠퇴하니 고려가 이어서 되살렸고 그것이 또 썩으니 조선의 유교가 물려받았고 그것이 또 기울어지니 동학(東學)이 받으려다 그만 눌러버리지 않았나. 그것을 무어라 부르건, 불교다, 유교다, 동학이다 불렀지만 결국 무한자(無限者)에 붙인 이름이야. 우리 민족도 그 성화(聖火)를 면면히 계승해오다가 동학에 이르러 그만 놓쳐버렸어. 그러자 나라는 망했어. 오늘까지 이 꼴이야.55)

기독교는 서양문화로서 개화기를 통해 들어왔으나, 그것은 마치 '제임스 와트를 그리스도의 모습이 겹쳐진 형태로 받았던 것'이었다. 즉 서양의 기술문명과 기독교가 한국인들에게는 늘 겹쳐 있었다는 것은 바로 '개화'의 속성이기도 했다. 그러므로 기독교가 우리한테 뜻하는 건, 우리가 야만인이 아니었던 바에야, 여태껏 짐작도 못 하던 영혼의 삶을 가르쳐주었다는 건 아니었다.

영혼의 구제와 생활의 원리를 위해서 우리가 가지고 있었던 종교는 바로 불교였다. 그러나 정치에 지고 기술에 졌다는 것이 문화 모두에 대한 회의와 자신 상실을 일으켰기에 기독교인이 됨으로써 서양 사람들 축에 끼려고 했던 것이 바로 기독교의 한국 이입 과정이다. 그러나 현실의 국가는 여호와의 나라가 아니고 카이사르의 나라니까 기독교

---

55) 최인훈, 앞의 책, 213쪽.

인이라는 것과 서양 사람으로서의 시민이라는 것과는 하나가 될 수 없다. 서양에 있어서 기독교가 미치는 대 사회적 정화력을 한국 교회가 오늘날 가지고 있지는 못하다. 끊임없는 내부 싸움, 혁명이 아닌 그저 파벌의 싸움, 심지어는 폭력. 이런 것이 오늘날 한국 교회의 모습이라 할 수 있다. 현대에는 시간이 가면 갈수록 기성 종교가 여러 가지 어려움에 부딪히게는 될망정, 포교 상 더 쉬워진다는 건 바랄 수 없다. 기독교가 아직 이만한 상태를 서양 사회에서 지키고 있는 것도, 실은 이천 년 동안 이 종교에 사랑을 투자해온 숱한 사람들의 이자를, 후손이 누리고 있는 것이기 때문이다.

결국 동양 사람, 그 가운데 한국 사람이 제 구실을 하는 길은 이 서양사적 문제 제기를 물리치는 일인데, 이것이냐 저것이냐 하는 식으로 내밀어진 출제 방식 그 자체를 거부하는 일이다.[56] 우리들의 도식圖式도 출제방법으로 내세우는 것이며, 그것은 전통의 수립, 아니 전통의 복원에 있다고 믿는다. 그 되찾아야할 유실된 전통이 바로 육화된 불교라는 이치를 상기시키는 것이다.

서양사회는 기독교적 가치를 기반으로 역사와 문화를 발전 고양시켜왔지만, 동양인, 더욱 지정해서 한국인에게는 '에덴의 사과'가 아닌 그 '그저 사과'가 신화일 뿐이다. 그래서 한국에 있어서 기독교는 영혼 구제나 민족중흥의 정신적 기폭제가 아니라 일신의 편안을 도모하는 소모제로서 존재해왔다. 그래서 '아프고 나야 문화사를 앓아야 하는 팔자의 기박함'[57]은 한국인으로 하여금 여래를 모시는 불상의 모습에서 오랫동안 흘러왔던 그 자연스러움을 찾고자 애태우게 만들어준다는 것이다.

---

56) 최인훈, 앞의 책, 219~222쪽.
57) 최인훈, 앞의 책, 296쪽.

3. 『소설가 구보 씨의 일일』 — 고해의식苦海意識

　1970년부터 여러 잡지에 단원을 나누어 연재를 시작한『소설가 구보 씨의 일일』은 박태원이 1934년 발표한 단편「小說家仇甫氏의 一日」에서 제목을 빌려왔다. 두 소설 모두 구성에 있어서 주인공이 소설가라는 것과 그들이 살고 있는 도시, 서울 시내를 배회하며 상념에 빠진다는 것은 일단 유사하다. 박태원의 것이 분량을 감안한다면 중편 가까운 단편인데 비하여 최인훈의 것은 단행본 400여 쪽에 이르는 장편이다. 전체적으로 일관적 흐름을 가진 장편소설이라기보다는 시간적 연속성을 유지하며 열다섯 개의 단원으로 나누어진 연작 단편의 형태라 할 수 있다. 최인훈의 창작활동을 전체적으로 조망해볼 때 소설로는 시기적으로 거의 마지막 즈음에 발표한 작품으로, 불교에 대한 언급이 비교적 빈번한 편이다.

　　구보는 불교, 하고 뇌어봤다. 그 정묘한 관념의 체계의 한 부분을 가지고 그럼직한 미학(美學)의 이론 하나 만든 사람이 없다는 것을 생각해본다. 천 년이요, 이천 년이요를 들여 몸에 익힌 버릇에서 실오라기 하나 건지지 못하고 시대가 바뀌면 미련 없이『팔만대장경』을 나일론 팬티 하나와 바꿔버리는 풍토. 구보는 문득 부끄러움을 느꼈다. 벌거숭이 된 내 마음. 오, 초토(焦土)에서, 이방인들의 넝마라도 주워 입어야 했던, 벌거숭이 된 마음. 문화사(文化史)적인 분노의 전사(戰

士)라는 포즈를 지어보는 감상(感傷)에 젖으면서 구보는 겨우 그 부끄러움에서 빠져나왔다. 어쩌란 말인가. 그렇지 못할 내 인연이기에 이렇게 법(法)의 울타리 밖에서 그나마 멀리 우러러보는 것으로 용서해달라. 그는 적반하장을 샤카무니에게 슬쩍 들어 보였다.[58]

주인공 소설가 구보씨가 불교 재단이 운영하는 어느 대학교에서 문학 강연을 마치고 창밖을 내다보다가 스님 한 분이 지나가는 것을 보자 언뜻 떠오른 생각이다. 오랜 세월 유구히 흘러왔던 불교적 '정묘한 관념의 체계'라는 것이, 자기가 처한 현실에서 예술 작가이기도 한 자신이 기댈 어떤 '미학 이론' 하나쯤도 수립해주지 못했고, 새로운 물질문명이 던져주는 생필품 하나만도 못하게 된 세태를 탄식한다. 또한 자신이 그 '법'에 투신하지 못한 것도. '벌거숭이 된 마음'으로 살아가는 신세는, 고해苦海에 다름 아닌 세상을 살아가는 인간 신세로 인식하는 불교의 세계관과 상통한다.

고해란 불교용어로 '고통의 세계라는 뜻으로, 괴로움이 끝없는 인간 세상을 이르는 말'이라 풀이하고 있다. 다르게는, '3계界를 말하며 3계에는 고통이 가득 차서 한이 없으므로 바다에 비유'[59]한다고 설명하고 있다. 3계[60]란 생사가 멈추지 않는 미망迷妄의 세상이니 우리가 살고 있는 세상뿐이 아니라 태어나고 죽는 것을 영원히 반복하는 모든 세상을 통틀어 포함한다. 생로병사와 탐욕을 아우른 모든 인간적 문제

---

58) 최인훈, 최인훈전집 4,『소설가 구보 씨의 일일』, 문학과지성사, 2010, 12~13쪽.
59)『동국역경원 불교사전』'고해' 항목.
60) 三界(삼계) : 생사유전(生死流轉)이 쉴 새 없는 미계(迷界)를 셋으로 분류한 것. (1) 욕계(欲界). 욕은 탐욕이니, 특히 식욕 · 음욕 · 수면욕(睡眠欲)이 치성한 세계. (2) 색계(色界). 욕계와 같은 탐욕은 없으나, 미묘(微妙)한 형체가 있는 세계. (3) 무색계(無色界). 색계와 같은 미묘한 몸도 없고, 순 정신적 존재의 세계. 이 3계를 6도(道) · 25유(有) · 9지(地)로 나누기도 함.『동국역경원 불교사전』.

를 인간이 지닌 미력한 힘으로는 어찌 할 수 없으니 고통의 바다라 비유하고 있다.

작가가 직접 대면했던 현실을 통해 인간은 고해에 내던져진 존재에 불과하다고 인식하고, 그렇게 감득한 고해의식이 작품 내에서 어떻게 나타나는지 그 윤곽을 추려본다.

가. 고해의식의 생성 — 피난

최인훈이 세상을 인식하는 인생관 내지 세계관은 일찍이 경험했던 세 가지 체험에서 비롯한다. 우선적으로 꼽을 수 있는 것은 유소년 시절에 겪었던 일제강점기와 광복이고, 그 후 중고등학교 시절에 닥쳐온 한국전쟁과 피난, 그 다음 남한에 정착한 청년시절 이후 지금까지 계속 이어지는 실향이다. 그런데 이 일련의 비극적 시대 상황들은 대체로 성장 과정 중에 일어났기 때문에 작가 자신이 스스로 달려들어 부딪혔거나 작가 개인에게만 특정하게 일어난 사건들은 아니었다. 시대적이고 역사적으로 발생한 사건들, 그렇기 때문에 그로서는 회피하거나 저항할 수 없었던 일들이었고 그것들이 그가 겪은 뼈저리게 고달픈 경험의 근본 원인들이었다.

광복 약 9년 전인 1936년 함경북도 회령에서 태어난 최인훈은 목재소를 운영했던 아버지 아래 비교적 유복한 유년시절을 보낸다. 회령會寧은 조선 세종 때 이미 육진六鎭으로 개척한 곳이지만 그 후 한반도에서는 두만강 남쪽 변에 자리한 변방 고을 가운데 하나일 뿐이었다. 하지만 일제강점 말기인 당시 회령은 일제가 만주 등지에서 채취한 전쟁

물자들을 가공하여 본국과 전쟁터로 보내는 병참기지의 역할을 담당하고 있었기 때문에 상당히 융성하고 있었다. 작가가 대학 시절 습작으로 써보았다고 밝히는 미완소설[61] 『두만강』의 「프롤로그」에서 당시를 회상한다.

> 빼앗긴 들에도 봄은 온다는 것은 슬프고 무섭고―멍하도록 신비한 일이다. 1943년의 H읍, 북쪽의 대강(大江) 두만강변에 있는 소도시다. 육진의 한 고을로 군내에는 여진족도 살고 있다. (……) 빼앗은 들에도 오는 봄―의 슬픔들. 침략자와 피침략자 사이에 가장 비극적인 시기는 언제일까? 암살의 방아쇠가 당겨지고 가죽조끼가 울고, 기름불이 튀고 주재소(=지서)가 타오르는 시기일까? 아니다. 비극의 큰 윤곽이 원경으로 물러가고 피침략자가 침략자의 언어로 조석(朝夕) 인사말을 하게 되는 때다. 일상 속에 주저앉은 비극. 비극의 구도 속에서의 희극, 아니 그 속에 있는 당자들은 희극이라고도 느끼지 않는다. 심판의 바로 전날까지 아물거리는 아지랑이―계절의 양기. 엄청난 봄을 앞에 두고도 예삿봄의 징후밖에는 비치지 않는 역사의 돈 후안 같은 속 모를 깊이. ― 물론 어리석은 자에게만이지만, 1943년의 H읍은 이런 아지랑이 속에 있다.[62]

이십대 초반 나이, 낯선 피난지에서 고향의 예닐곱 살 적을 기억하며 쓴 자전적이자 회고적인 글임을 짐작해보면, 다소 감상적인 느낌이 들기는 하지만 당시를 적절하게 묘사하고 있다. 조국의 입장에서는 왜곡된 번성을 누리고 있는 당시 회령의 풍광과 '빼앗긴 들에도 오는 봄'에 '피침략자가 침략자의 언어로 조석 인사말을 하게 되는 때'의 '비극'

61) 최인훈, 최인훈전집 7, 『하늘의 다리/두만강』, 『두만강』, 「작가의 말」(『월간중앙』 1970년 7월), 문학과지성사, 2009, 141~142쪽.
62) 최인훈, 최인훈전집 7, 『하늘의 다리/두만강』, 『두만강』, 「프롤로그」, 문학과지성사, 2009, 143~145쪽.

아닌 '희극'을 바라보았던, 모순에 찬 복잡한 심경을 드러낸다.

일단 일제에 강탈당한 땅에서 자신이 태어났으나 아직은 다가올 시대적 암운을 전혀 알 수 없었기에 '예삿봄'처럼 보내는 평온한 나날이었다는 점이, 이미 격변이 예고된 탄생과 그 후 펼쳐질 고난을 예감할 수 있다. 특히 그의 고향이 한만韓滿 국경이었다는 점과 일제치하 번영하는 도시의 소자본가였던 부친 슬하라는 점이, 또한 곧 닥쳐올 피난과 타향살이의 전조를 내비친다.

광복을 맞이하자 38선 이북 지역에는 소련군이 진주하고 적국 치하에서 비교적 안정된 사업을 운영하였던 아버지는 새로 들이닥친 공산정권 치하에서 더 이상 사업을 유지하기가 어려워진다. 아버지는 지인의 소개로 원산에 직장을 얻어 그곳으로 가족을 데리고 옮겨가기를 결심한다.

> 토지개혁, 중요산업 국유화가 끝나고 보니 경제의 주도권은 국가와 공산당이 쥐게 되고 시골 읍에서의 소상공업자의 사업 환경도 아주 어려워졌다. 행정적인 재량의 여지도 있을 수 있었겠는데 아버지는 그다지 유리한 배려를 받지 못했던 모양이다. (……) 그렇게 해서 우리 가족은 H를 떠나 W시로 오게 되었다. (……) 하늘이 무너지고 땅이 갈라져도 죽기만 하라는 법은 없어서 청진의 큰 목재회사의 책임자가 된 옛날의 그 노동자의 소개로 간신히 W시의 거기도 국영이 된 목재회사에 평직원으로 자리를 얻어 집도 회사의 사택을 한 채 얻게 되었다.63)

최인훈 나이 십여 세에 회령에서 원산으로 이주한 것도 엄밀한 의미에서 일종의 '피난'이라는 성격을 띤다고 할 수 있다. 왜냐하면, 그럭저럭 꾸려가던 부친의 사업이 이념체제가 다른 정권이 들어오면서 어찌

---

63) 최인훈, 최인훈전집 14,『화두 1』, 문학과지성사, 2008, 31~33쪽.

되었든 운영이 불가능해졌고, '하늘이 무너지고 땅이 갈라져도 죽기만 하라는 법은 없어서' 이루어진 이주였기 때문이다. 이것을 첫 번째 피난으로 볼 수 있다. 단순히 먹고 살겠다는 생계가 체계가 전혀 다른 사상으로 인하여 더 이상 유지하기 어려운 처지로 빠져 들어간 상식적이지 않은 상황이다.

3년 후 원산에서 중학교를 다닐 때 터진 한국전쟁에서도 거의 유사한 이유와 게다가 목숨 보전이라는 절체절명의 상황으로 부산 피난을 결행한다. 어설프게나마 집안 형편과 나라 돌아가는 것을 감지할 나이에 순전히 정치적인 이유로 가족이 삶의 터전을 옮겨야만 했고 생활이 옹색해지는 것을 절감해야 했던 그로서는, 전쟁이 초래한 결사적인 피난을 겪어내면서, 사람 사는 세상이란 살아갈수록 암울한 먹구름에 덮여갈 따름이라는 것을 부지불식간에 인식해 나아간다.

현실적으로 체험한 전쟁과 그로 인한 피난에 앞서, 중학생 때 겪었던 정신적이고 심리적인 고난의 경험을 작가는 여러 작품에서 강박적이리만치 반복적으로 술회하고 있다. 그 가운데 가장 현장감 넘치는 것은, 자신과 다름없는 분신이라 해도 무방한 주인공의 출신성분 때문에 강요당해야 했던 '자아비판'의 기억이다. 그로서는 두렵기만 했던 이 기억이야말로 난생 처음 치러야 했던 정신적인 '동족상잔'이었고 진정으로 '피난'하고픈 '고문'이었다.

> 비록 소년일망정 준에게도 박해의 시련이 있었다. 학교에서 소년단 집회가 열릴 때마다 그는 이단심문소(異端審問所)에 불려나간 배교자의 몫을 맡아야 했다. (……) 정말 너무한 것은 그날 저녁에 일어난 소년단 학급 총회였다. 학급 소년단 분단장은 느닷없이 준을 고발하는 것이었다. "(……) 독고준 동무는, 평소에 비열성적이며 낙후한 사업 태도를 가

지고 일해왔는데, 오늘 역사시간에는 부르주아적인 말을 하여 역사의 참다운 정의를 알지 못하면서 과오를 범했습니다. 자아비판을 요구합니다." 분단장은 종이에 적은 것을 읽고 있었다. 소년단 지도원이 적어 준 것임에 틀림없었다. 이날 준은 근 한 시간이나 고문을 당했다. 그리고 이런 일은 그 후 심심치 않게 계속됐다. 그는 점점 더 망명자가 되었다.[64]

속개된 법정. 자리는 전대로. 보통 있는 법정과 다른 것은 법관들이 아래에 가 앉아 있고 독고준이 교탁(敎卓)—아, 하고 독고준은 흑판을 바라보면서 놀랐다. 거기에 흑판이 걸려 있고 그러고 보면 이 방 안은 옛날의 그의 교실이다. 자세히 본즉 검차원은 소년단 지도원 선생이었다. 분명하다. 그리고 다른 사람들은 모두 그의 친구들인 소년단 간부들이었다. 그들은 어른인데 소년들이기도 한 것은 얼굴들이 네온광고처럼 어른이 됐다 소년이 됐다 껌벅 껌벅 엇바뀌는 것이었다. 아아 내 교실이구나. 그는 탈옥했던 죄수가 다시 자기 감방에 붙잡혀왔을 때의 헝클어진 느낌을 가졌다.[65]

"그 교실에서 배운 것은 무엇이었습니까?" 지도원 선생님이 물었다. 나는 내 앞에서 알릴락 말락 흔들리는 촛불에서 눈길을 옮기지 않은 채 그의 질문의 뜻을 헤아려보려고 안간힘을 쓴다. (……) 하고 싶은 말은 밀어놓고 다른 말로 하고 싶은 말을 갈음하자니 무슨 말을 해도 그 말은 거짓말 비슷해져가고, 그런 낌새는 저편에 가서는 더욱 기승해서 캐내고 싶은 마음을 일으킨다. 말은 말을 물고 꼬리는 꼬리를 물고 전학하게 된 내력이며 H에서의 학교생활에까지 미쳐가서 마침내 해방 전에는 어떤 학교생활을 했는가에까지 지금 다다르고 있었다. 떠나온 H의 범행 장소에 연행되어온 혐의자처럼 그는 수사관들과 함께 와 있었다. 현장검증이 거기서의 모든 세월에 대해 치러질 모양이었다. 검사는 묻고 있었다. 그 교실에서 배운 것은 무엇이었습니까.[66]

64) 최인훈, 최인훈전집 2, 『회색인』, 문학과지성사, 2010, 28~30쪽.
65) 최인훈, 최인훈전집 3, 『서유기』, 문학과지성사, 2008, 325쪽.
66) 최인훈, 최인훈전집 14, 『화두 1』, 문학과지성사, 2008, 40~43쪽.

앞선 두 부분은 소설 속 주인공이 과거 기억을 떠올리는 장면이고, 그 다음은 작가와 화자가 동일시되는 작품 『화두』에서 실제 치렀던 경험을 이야기하는 대목이다. 세부적으로는 약간 차이를 보이지만, '반동적 가족 성분' 때문에 자아비판대 위에 서야 했다는 점과 자신은 진정 무엇을 잘못했는지 알 수 없었지만 '혐의자' 취급을 받았다는 점이, 공통적으로 전제된 장면이다. 그 와중에서도 가장 고통스러웠던 것은, 알지 못하는 잘못을 스스로 자백하고 비판해야 하는 것이었는데, 이러한 공포스러운 '고문'을 통해 '그는 점점 더 망명자가 되었다.'

전혀 예상할 수 없이 섬찟하게 다가들었고 그만큼 단단히 붙잡혀 도망칠 수도 없는 현실이라는 악몽, 그곳에서 탈출해야 했던 그로서는 책이라는 관념의 도시로 피난을 떠난다.

> 도서관은 그런데 왜 이렇게 듬성할까? 사람들이 오지 않은 탓이었다. (……) 그들은 이 건물 속에 그들의 도시와는 다른 도시로 가는 비밀의 통로가 수없이 숨어 있는 줄을 몰랐다. 시장이 그대로 허용된 것처럼 이 도서관도 미처 정리하지 못하고—하기는 이 많은 책들을 정작 어쩔 것인가—도서관은 있던 자리에서, 있던 책을 여전히 있는 구독 신청자에게 대출하고 '있는' 것이었다.[67]

도서관에서 만난 책들을 통해서 그는 자기가 고문당하고 있던 도시 W로부터, '지도원 선생님' 같은 다른 사람들은 '수없이 숨어 있는 줄을 모르는 다른 도시로 가는 비밀의 통로'를 찾아내 '망명자'를 자처하며, '피난'을 떠나곤 하였던 것이다.

이것이 그가 시작했던 두 번째 피난이었고, 어떤 의미에서는 자신이

---

67) 최인훈, 앞의 책, 58쪽.

태어나 살았던 현실의 땅을 벗어나는 정신적 실향이 일어나기 시작한 것이었다.

원산 중학교를 마치고 원산 고등학교로 막 진학한 때 한국전쟁이 일어난다. 처음 전쟁이 시작되었을 때는 '궐기대회와 입대지원'이 봇물을 이루었다. 그러나 얼마 지나지 않아 'UN공군의 첫공습이 가해졌다.' 그러더니 '도시 자체가 한덩어리로 공격의 목표물'이 되었다. 이른바 원산폭격이 작열한 것이었다. '집과 거리에서 처음 얼마 동안 아무 데서나 비행기 소리가 나면 엎드려서 머리 위에 퍼붓는 폭격을 당했고' '어디도 공격의 예외가 아니라는 것이 곧 드러나자, 도시를 빠져나가기 시작했다.'[68]

고문 받는 일상에서 책 속에 펼쳐진 수많은 상상의 도시로 피난을 떠났으나 몸은 여전히 현실에 그대로 잠겨있을 수밖에 없었다. 그러던 중에 정작 실제 전쟁이 닥쳐오자 그 전쟁이 위협하는 '목숨의 보전'을 기하기 위해 가족은 피난을 결행한다. 작가로서는 현실에서 겪게 되는 세 번째 피난이었다. 전쟁터를 피한다는 일반적 의미의 피난이며 월남하였던 수많은 이북 사람들이 함께 겪었던 피난이기도 했다.

> 해방될 때도 어느 날 갑자기 세상이 바뀌더니 이번에도 그렇게 되었다. 중국 군대가 넘어왔다는 소식이 퍼졌다. 겨울이었다. 북으로 갔던 UN 군대들이 내려오기 시작했다. (……) 중공군이 UN 군대를 함흥이며 원산 같은 큰 항구에 몰아넣고 전멸시킬 것이라고 했다. 도시에서 큰 전쟁이 벌어질 것이 틀림없었다. 그 끔찍한 폭격을 또 당할 수는 없었다. 여기서 빠져나가야만 했다. (……) 전쟁마당을 피했다가 전쟁이 끝나면 돌아온다는 것이 탈출의 의도였다. 전쟁은 북쪽에서 내려오고 있었고 안전은 남쪽에 있었다. (……) 날이 훤히 밝자 부두의

---

68) 최인훈, 앞의 책, 258~261쪽.

모습이 보였다. 사람들은 배의 난간을 붙들고 서서 보트를 타고 오른 사람들 속에서 가족이나 일행을 확인하였다. 부두에서 보트를 탈 때 서로 떨어진 사람들이 그토록 많았다. 나중 보트로 온 일행과 만난 사람들은 갑판에서 붙들고 좋아했지만 잇따라 와 닿는 보트에서 기다리는 사람을 보지 못하는 사람들이 발을 동동 굴렀다. (……) 여기저기서 토하는 소리와 앓는 소리가 들리기 시작했다. 두 동생은 아버지와 어머니 사이에 누워 있고 남은 사람은 앉아 있었다. 동생들이 앓는 소리를 냈다. 어머니가 그들의 등을 번갈아 쓰다듬었다. 나도 참을 수 없어서 모로 누워 짐 자락을 움켜잡았다. 온 뱃간에 지독한 냄새가 퍼졌다. 웩웩 소리는 더욱 어지럽게 부풀어져나갔다. (……) 어느 때부턴지 배의 요동이 약해지고 신음소리도 잦아들었다. (……) 배는 항구를 떠나 다른 항구에 닿은 것이었다.[69]

피난이란 전장戰場으로부터 '탈출'하는 것쯤으로, 잠시 피했다가 다시 돌아온다는 정도로만 간주했다. 그러나 그 피난은 고해를 헤쳐 가야 할 기나긴 항해의 첫 노를 저은 것에 불과했을 뿐이었다. 회령에서 태어나 원산을 거쳐 부산으로 목포로 다시 부산으로 서울로 군에 입대하여 양구로 대구로 돌다가, 결국 서울에서 살던 『화두』의 작가이자 주인공은 일찌감치 동생들과 미국으로 이민 간 아버지를 찾아보고 이런 생각에 잠긴다.

두만강 상류 수원지 부근의 백두산 원시림에서 호랑이가 눈 위에 발자국을 남기면서 찾아오는 산판에서 살림을 일으켜 H읍에서 조촐한 성공을 이루어낸 것도 잠시, 피난 살림으로 남한 각지를 이리저리 옮겨다닌 끝에 마침내 바다를 건너 이 지구상의 또 하나의 바닷가에 와 있는 것이다. 피난이라는 안목으로만 본다면 틀림없이 마지막 피난에 성공한 셈이었다. 이 가족이 겪은 세월로 보면 '피난'이라는 것은

69) 최인훈, 앞의 책, 264~270쪽.

근본적인 재산이었다. 머리 위로 다가드는 폭격기를 이리저리 피해 다닌 세대에게는 목숨이 살고 본다는 대원칙은 쉽사리 바래지지 않게 경험이 찍어준 지혜의 낙인이었다. 그 지혜의 안목에서 본다면 피난에 피난을 거듭해서 이른 이곳은 적어도 이 지구상의 계룡산 신도안임에 틀림없었다. (……) 아버님의 인생은 그렇다 치고 나는 어떻게 되는가. (……) 하루아침에 살림살이를 뒤로 하고 고향을 떠난 다음 피난에 피난을 거듭하여 이 지구의 계룡산 신도안에 다다랐다고 생각하는 것이 과연 작은 인간의 겸손한 자기 수용이라고만 생각해도 되는 것일까. 그런데 그 일이 이렇게 서운한 것은 웬일인가. 아버지와 아들은 더 건너갈 필요가 없는 바다를 향해 앉아 있었다. 대서양이었다.70)

공산체제에 내몰려 생업유지를 위해 원산으로 피난, 전쟁터를 피해 목숨을 보존하고자 부산으로 피난, 상존하는 전쟁 위협과 정치적 경제적 혼란을 회피하기 위하여 미국으로 피난. 이런 피난의 종점은 '더 건너갈 필요가 없는', 아니 차라리 더 건너갈 수도 없는 바다, 대서양 연안에까지 이른다. 그래서 그곳은 '목숨의 안전'이라는 쪽으로만 본다면 갈 데까지 간 피난이다. 심지어 가족이 겪은 피난의 세월이라는 것이 '재산'이라고까지 자조적으로 말한다. 온 가족이 평생 최선을 다한 일이라고는 피난밖에 없다는 것, 그것은 삶이란 언제까지나 고해에 다름 아니라는 불교 정신의 기본적인 틀과 다름없다.

그러나 작가는 '그런데 그 일이 이렇게 서운한 것은 웬일인가'라고 자문한다. 자신이 저지른 과오는 도저히 알 수 없는데, 어찌할 수 없는 힘에 의하여 일생을 쫓겼던, 언제나 쫓기는 자에게서 까닭 모르게 울컥 솟구치는 억울하기 이를 데 없는 서러움이다.

그러한 서글픔은 필연적으로 언제나 가슴 저린 실향민 의식으로 나

---

70) 최인훈, 앞의 책, 420~425쪽.

타난다. 이것은 고향에 대한 집착이라기보다는, 불가항력적인 시대의 폭력에 내몰렸다는 비참함과 결코 고향에 다시 돌아갈 수 없다고 느끼는 상실감이 주요한 감정으로 자리한다.

나. 고해의식의 상존 — 실향

> 獨在異鄕爲異客 每逢佳節倍思親 遙知兄弟登高處 遍揷茱萸少壹人 타향살이하는 몸이 명절을 당할 때마다 집 생각이 난다. 오늘은 모두 산에 가서 산수유꽃을 머리에 꽂는 날인데 나만 빠졌구나, 하는 뜻[71]이라고 그때 들었다.[72]

윗글에 나오는 한시는 『하늘의 다리』의 전형적인 실향민 주인공, 김준구가 자신이 혼자 사는 집 벽에 걸어놓은 족자의 내용이다.

근본적으로 향수鄕愁란 '타향살이하는 몸이 집 생각'을 하는 것이다. 향수나 실향失鄕이 타향에서 고향을 그리는 것은 같지만, 실향은 고향을 잃어버렸기 때문에 다시 찾을 길이 당장은 없다는 뜻을 담고 있다. 고향을 떠나 객지에서 살아가는 사람들은 많지만 고향을 잃어버리는 경우는 그저 고향을 그리워하는 것과는 달리 특별한 연유를 지니고

---

71) 獨在異鄕爲異客 每逢佳節倍思親 遙知兄弟登高處 偏揷茱萸少一人 ; 타향의 외로운 나그네 되어, 명절을 맞이할 때마다 어버이 그리는 정 더 간절하네. 올해도 우리 형제들 높은 그 산 오르겠거니, 머리에 수유 열매 돌려 꽂다가는 한 사람 모자람을 문득 깨달으리. 왕유(王維) 9월9일억산동형제(九月九日憶山東兄弟). 전관수, 『한시어사전』, 국학자료원, 2007, 「수유(茱萸)」 항목.
72) 최인훈, 최인훈전집 7, 『하늘의 다리/두만강』, 『하늘의 다리』, 문학과지성사, 2009, 84쪽.

있을 수밖에 없다. 주인공 김준구나 작가 자신이나 전쟁을 피해 떠나온 피난민이기 때문이다. 피난민 신세 또는 실향의 심정은 내면적 정신세계에서, 그런 정신으로 세상을 바라보는 시각에서, 전체적으로 불안정하고 황폐한 감정이 지배한다.

> 겨울의 맑은 날 집들은 잔뜩 웅크리고 추위 속에 몰려선 피난민들처럼 보였다. 갑자기 거지가 돼서 백사지 땅에 내동댕이쳐졌던 이십 년 전이 조갯살에 파고든 한 알의 모래처럼 준구의 속에서 자라온 줄만 알았는데 모래는 밖에도 있었다. 저기 저렇게 서 있는 집들이, 전봇대가, 거리가 모두 어디서 금방 실려온 피난민같이만 보이는 것이었다.[73]

생활인으로서도 화가로서도 서울살이라는 것을 겉돌기만 하는 준구의 눈에는 다른 사람들이 사는 모습도 어차피 모두 다 자신과 같은 피난민처럼 보인다. 삶이라는 것 자체가 피난생활이라는 생각은 '고해의 식'과 근본적으로 상통한다. 한 겨울을 타향사람들 사이에서 헛돌던 주인공이 첫 피난지였던 부산으로 다시 돌아가 서울에 있는 친구에게 이렇게 편지를 보내는 것으로 소설은 끝난다.

> 나는 지금 이 바다에서 금방 나온 사람처럼 생소하네. 이 마을이. LST[74]에서 걸어나온 피난민은 헛되이 바다 앞에 섰네. 이 무지한 바다 앞에. 백치와 같은 푸른 짐승 앞에. 그리고 이 바다에서 LST를 내린 한식구들이 종적 없이 사라진 이 실종의 책임자가 누군지 모르는 채로 말일세. 여보게 내게 좀 가르쳐주게.[75]

---

73) 최인훈, 앞의 책, 112~113쪽.
74) Landing Ship Tank : 상륙정
75) 최인훈, 앞의 책, 138쪽.

피난민의 절망은 피난생활이라는 그 겉도는 삶이 자기 때문에 일어난 일이 아니며 자기가 어떻게 할 수도 없다는 무력한 좌절감과 그렇게 만든 대상을 알 수 없어 생겨난 분노에서 피어오른다. 그래서 자신의 삶도, 바다에서 내린 '한식구들'도 '종적 없이 사라'졌는데, '이 실종의 책임자'가 누군지 모른다는 탄식이다. 인간을 고해에 내던진 '책임자'도, 그 연유도 모르는 것처럼. 자신을 태우고 온 피난선이 힘겹게 도착했던 바다는 바로 눈앞에 펼쳐진 부산 앞 바다이자 곧 고통의 바다 — 관념의 고해와 바를 바가 없다.

전쟁이 멈추고 이십여 년 가까이 지난, 1970년 발표한 『하늘의 다리』의 주인공은 실향민 화가였지만, 그 전 해부터 연재하기 시작한 『소설가 구보 씨의 일일』의 주인공도 역시 실향민이자 제목 그대로 전업 소설가이다. 그 두 주인공들이 하는 일은 창작에 관여하는 분야지만 직업에서나 생활에서 겉돌고 헛도는 심경은 별반 다를 바가 없다.

화가는 타향 땅에 발을 붙이지 못하고 하늘에 덩그러니 떠있는 다리[足]만 환시幻視하는데 비하여, 소설가는 '벌거숭이 된 마음'이 초래한 이른바 '어질머리'를 심각하게 앓고 있다.

　　피난. 월남. 이십 년의 세월. 그 이십 년은 구보에게 있어서 그 어질머리의 실마리를 풀어가는 일이었다. 어질머리. 삶은 어질머리를 가만히 앉아서 풀어가는 가내수공업 센터 같은 것이 아닌 것도 사실이긴 하였다. 풀어간다는 것도 살면서 풀어가는 것이고, 산다는 일은 어질머리를 보태는 일이었다. 밑 빠진 독에 물 붓는 콩쥐의 일감. 어느 사람이 이 어질머리에서 풀려난단 말인가. 사람들은 그래서 사노라면 어느덧 누에처럼 그 어질머리 속에 들어앉아버린다. 그러나 불행하게도 구보의 경우에는 그럴 수 없었다. 그는 어질머리라는 누에집을 풀어서 그것이 대체 어떤 까닭으로 그렇게 얽혔는가를 알아보아야 했다. 그것이 소설이라는 것이라고 그는 생각했으므로. 그는 자기 집을 헐고 자기 껍질을 벗겨서 따져보는 그러한 누에였다. 벌거숭이 된 내 마음. 오, 진실을 찾다가 벌거숭이 된 내 마음. 그 어질머리가 자기의 한 군데라는 것을 알았을 때는 이미 자기 몫의 어질머리를 갈가리 찢 어발겨놓은 다음이라는 발견.76)

그 '어질머리'라는 다분히 심인적 증상의 근본 발병원인은 피난과 실 향이 야기한 좌절감과 불안감인데, 역시 실향민인 그 소설가는 실향의 원인을 따져보다가, 또한 종전終戰이 아니고 정전停戰이라는 상황이 계 속 이어지기 때문에 그런 신경증에 걸렸다.

원고료를 받으러 가면서 읽은 신문에서 서울에 침투한 무장공비들 에 대한 기사를 읽고 무장공비들에 대한 개탄이나 그들을 보낸 북한정 권에 대한 성토보다는, 그는 '이 세상에 든든한 것은 하나도 없고 세상 살이에 자신이란 것도 없다고 생각'하는 것이다. 어떤 갑작스런 사태나 현상을 맞닥뜨릴 때, 그 원인과 결과를 분석하기보다는 자신이 받을 영 향에 대한 우려가 앞선다. 세상을 살아가는 자세가 아니라 세상에 살아 남기 위해 안절부절못하는 마음을 가늠해볼 수 있다.

공비는 모두 제 손으로 폭사했다고 하지만, 공비가 서울 시내까지 그토록 쉽사리 왔다는 일만은 달라진 것이 없다. 스무 해 전 6월의 그 날에도 이렇게 전쟁은 비롯했을 테고, 언젠가 전쟁은 이렇게 시작된 단 말이겠지. 그리고 지금 받으러 가는 돈이 피난 떠날 밑천이 될 수도 있단 말이겠지. 구보씨는 소집 영장을 받은 병사가 선전 포고가 나붙 은 거리를 달음박질하듯 약혼자에게 달려가는 모습을 떠올린다. 병사 는 구보씨. 약혼자는 인세다. 이 집들은 지금 마지막 보는 것인지도 모 른다고 생각하니, 이 세상에 든든한 것은 하나도 없고 세상살이에 자 신이란 것도 없다고 생각한다.77)

---

76) 최인훈, 최인훈전집 4, 『소설가 구보 씨의 일일』, 문학과지성사, 2010, 18쪽.
77) 최인훈, 앞의 책, 159쪽.

상존하는 전쟁 가능성에서 피어오르는 불안감은 조금 더 확대되면서, 세상에 믿을 만한 것, 태평성세를 이룰 명당인 '계룡산 신도안'은 절대 없다는 것, 대가없이 거저 주어지는 희망의 모습은 모두 꿈속에서나 나올 뿐이라고 스스로에게 끊임없이 다그친다. 남북이산가족 상봉에 대한 소식을 듣고 남북관계가 호전될 기미와 분단 상황의 반전을 기대해보다가 그것이 무산되었다는 기사에 이렇게 탄식하고야 만다.

> 그들 조상들이 평소 생활에서 실천하던 삶의 요령은 난리가 나도 계룡산은 없다는 것. 설령 계룡산이 있다손 치더라도 공짜 계룡산은 없으리라는 것. (……) 이런 것들을 구보 씨는 피난 살림에서 배웠던 것이다. 그러니 고향을 두고 온 부모 형제를 누가 만나게 해준다고 해서 덮어놓고 좋아한 것은 염치없는 일이었다. 뭐가 잘나고 어디가 예쁘다고 그런 복을 받겠단 말인가. 큰 실수를 할 뻔한 것이다. 꿈에 공주와 한세상 아이 낳고 살다가 문득 깨어난 신라의 그 스님처럼, 구보 씨는 새삼스러운 눈으로 김순남 씨를, 젊은이를, 번쩍이는 전기기구들을, 그리고 한길을 가는 사람들을 바라보았다. 깨어난 눈에 보이는 그 모든 것들은 왜 그런지 눈물겨웠다. 분하도록, 분하도록 눈물겨웠다.[78]

'신라의 그 스님'이란 『삼국유사』에 나오는 설화 속 조신調信[79]을 지칭하는 것으로 보인다. 이 이야기는 조신이라는 스님이 우연히 만난 태수 김흔金昕의 딸을 사모하여 꿈속에서 하고픈 사랑을 한껏 누리지만, 깨보니 차가운 현실에 처한 자기 모습만 덩그렇게 남아 있는 것을 보고, 그 이후 불도佛道에 더욱 정진했다는 내용이다. 이 일장춘몽의 주제는 김시습의 『금오신화』나 김만중의 『구운몽』에도 담겨있는 중요 동기라 할

---

78) 최인훈, 앞의 책, 169~170쪽.
79) 일연 · 김원중 옮김, 『삼국유사』「권3, 탑상 제4, 낙산의 두 성인 관음과 정취, 그리고 조신(조신조(調信條)」, 민음사, 2010, 365~373쪽.

수 있다. 최인훈은 이 두 가지 고전소설의 제목을 빌려와서, 절망적인 현실과 환상의 꿈을 대조시키는 유사한 주제의 현대적인 새로운 소설을 창작하기도 한다.[80]

'피난 살림에서 배웠던 것'은 '난리가 나도 계룡산은 없다'는 것인데, 즉 삶의 고난을 쉽사리 이겨낼 수 있도록 저절로 굴러 떨어지는 '복'은 생기지 않는다는 것이다. 이런 '깨어난 눈'에는 '눈에 보이는 그 모든 것들'이 '왜 그런지 눈물겨웠다.' 그러나 그 '눈물겨움'은 '분하도록, 분하도록 눈물겨운' 것이었다.

고해를 살아가는 나를 포함한 중생들에 대한 자비심의 눈물, 그렇지만 이런 고해에 부처付處된 삶에, 까닭 모르고 괴롭기만 한 바로 그 삶에, '분하기'도 하다.

불안이 가져다준 어질머리, 언제 다시 터질지 모르는 전쟁과 그에 따라 또 정처 없이 떠나가야 할지 모를 피난의 두려움, 갈망하는 것이 이루어질 가능성은 전혀 없어 화가 치밀고 눈물이 나는 현실 삶. 이런 현실적인 고난은 다시 그의 머릿속에서 이념적이자 정치적인, 말하자면 '사상적인' 혼란을 일으킨다.

> '천황'이라는 신의 아들에게 속고 '진리'의 화신이라던 스탈린이라는 이름에 멍들고 '애국'의 화신이라던 이승만 영감에게 속고 몇 번의 가난한 사랑의 흉내에도 보기 좋게 속고—이렇게 으리으리한 것에 속기만 한 구보씨의 마음밭은, 부랑자라든가 거지라든가 방랑 승려의 마음처럼 스산한 것이었기에 이 세상 무엇이라고 그리 대단해 보이지 않는 것이 여간 고통스럽지 않았다.[81]

---

80) 최인훈, 최인훈전집 1,『광장/구운몽』,『구운몽』, 문학과지성사, 2010.
  최인훈, 최인훈전집 8,『웃음소리』,「금오신화」, 문학과지성사, 2009.
81) 최인훈, 최인훈전집 4,『소설가 구보 씨의 일일』, 문학과지성사, 2010, 179~185쪽.

실향이라는 어처구니없이 고달픈 삶은 자기 의지와는 무관하게 닥쳐왔기 때문에 삶의 바퀴가 헛돌기만 하는 실향민 화가는, 그래서 역사라는 '무지한 바다' 앞에서 왜 이렇게 되었는가를 절규한다.

전쟁과 피난, 그로 인한 실향이 어째서 어떻게 일어났는지를 생각하기만 하면 '어질머리'를 심하게 앓으며, 더구나 숱한 신념들이 바쳐졌던 가치관이라는 것들이 땅바닥에 계속 내동댕이쳐지는 광경을 일생에 거쳐 봐야했던 실향민 소설가는, '마음밭이 방랑 승려의 마음처럼 스산한 것'에 고통스럽기만 하다.

실향의 환난이란 고향을 되찾아가서 그곳에 다시 원래처럼 안주하든가 하기까지는 원칙적으로 그 해결의 실마리를 찾을 수 없다. 그래서 실향민은 그가 그런 삶의 상황에 처하게 된 까닭에 달라붙어 골똘히 생각에 생각을 거듭하는 것이다. 그 생각의 끝자락에서 고향에 가볼 수조차 없는 그는, '세상에서 대단해 보이는 것이 없어져버린다.'

'이 세상 무엇이라고 그리 대단해 보이지 않는 것'은 불가의 수행자들이 다다르기를 염원하는 경지에 근접한 상태라 할 수 있다. 결국 구보 씨는 이러한 마음을 「난세亂世를 사는 마음 석가 씨釋迦氏를 꿈에 보네」[82]라는 단원 제목 아래 그려내고 있다. 그 자신이 절을 찾아가 어느 한 스님과 대화를 나눴던 꿈 이야기를 들려주는 것으로 이야기를 마친다.[83]

---

82) 최인훈, 앞의 책, 382쪽.
83) 초여름의 일요일 한낮이다. 나는 내 방에서 풋잠이 든 사이에 늘 마음이 있던 그 절터로 꿈길을 더듬어 가보았던 모양이다. 금방 계단에서 부축한 스님의 팔굽이 내 손아귀에 있는 듯하다. 걸터앉았던 돌계단의 시원한 기운이 허리에 완연하다. 솟아오른 추녀 끝이 눈에 선하고 앉아서 얘기하는 동안에도 사이사이 들리던 풍경소리도 귓가에 암암하지 않은가. 좋은 꿈에서 깨는 것처럼 세상에 못 할 노릇이 없다. 여름이 가기 전에 꼭 그리로 가보아야 하겠다. 무엇보다 이제 그곳에 가면 구면의 스님이 있지 않은가. 그래서, 다 못한 이야기를 나누어

실제적인 실향과 정신적 근본의 뿌리 뽑힘이라는 고통을 작가의 분신들인 화가 김준구와 소설가 구보 씨는 각자 혼자 외롭게 앓고 있다고 생각한다. 그러나 일제침략과 광복, 전쟁과 분단, 독재와 혁명, 그에 따른 일대 혼란은 한반도에 사는 대부분 사람들도 구보 씨만큼이나 결정적으로 그 영향을 받았다. 결국, 구보 씨는 이 땅에 사는 모든 이들도 '행복한 삶의 터, 공동체를 상실한' 자신과 다름없다는 생각을 갖게 된다.

구보 씨가 가장 아쉽게 생각하는 것은 불교적인 '버림'으로 하여 가능하여지는 평화와 사랑의 세계이다. 이러한 과거의 조화된 문화의 흔적에 대하여 구보 씨의 마음을 괴롭히는 것은 단순히 외래문화가 아니라 외래문화도 작용하여 일어난 문화의 파괴, 삶의 황폐와 사람과 사람을 인정으로 묶어놓는 공동체 의식의 상실이다. 그리하여 구보 씨는 고궁이나 옛날의 유물이나 문화 유적들이 제대로 보존되지 못하는 것을 사회의 야만 상태의 증상으로 보고 옛 인정이 사라지는 것을 쓸쓸하게 생각한다. 그리하여 문화를 상실한 그 자신을 마음의 '벌거숭이'라고 생각하였고 무엇보다도 자신과 또 모든 동시대의 사람들을 행복한 삶의 터, 공동체를 상실한 피난민으로 본다.[84]

작가와 그의 주인공들에게 일어난 피난과 실향이 당사자들에게는 땅에 발을 붙이지 못함과 어질머리를 초래하였다. 이런 상황은 자기들에게는 단지 고향을 잃어버리고 낯선 곳에서 구차한 생활을 꾸려가는 것이지만, 국가라는 차원에서 본다면 전쟁을 잠시 멈춘 정전과 국토 분단이라는 기막힌 상태로 빠져들었다고 할 수 있다.

야 할 것이 아닌가. 최인훈, 앞의 책, 400쪽.
84) 최인훈, 최인훈전집 4, 『소설가 구보 씨의 일일』, 김우창, 「남북조 시대의 예술가의 초상」(1976), 문학과지성사, 2010, 411~413쪽.

그래서 그들이 느끼는 세상사는 고통은 급기야 이 세상에 살아있는 모든 삶이, 적어도 이 한반도에서 살고 있는 사람들 모두가 그들과 한 가지로 험난한 고해에 처해 있다고 생각하는 것이다.

그렇다면 이 고해를 부유하는 가련한 인생이 의지해야할 방편은 어떤 것인가. 구보 씨는 그 방법을 불교적 용어와 선사의 말씀으로 대신한다. 구보 씨는 '화신 뒤에 있는 잡지사'를 찾아가 출판사 직원이 건네준 '질문서'를 작성한다.

> 당신의 작품은 어떤 목적에 봉사하는가? — 내가 생각하기에 '인간의 행복을 촉진한다고 생각하는 생활 원리를 작품을 통해 보급한다'는 목적에 봉사합니다. 개인적인 포교(布敎)입니다. 말하자면, 내가 생각하는 인간의 행복 원리는 ① 자연을 알라; ② 사회를 알라; ③ 혼자만 잘살자고 말아라 하는 것입니다.[85]

> "向裏向外 逢著便殺 °逢佛殺佛 逢祖殺祖 逢羅漢殺羅漢 逢父母殺父母 逢親眷殺親眷 始得解脫. 不與物狗 透脫自在."[86] — 안팎으로 만나는 자를 모두 죽여라. 부처를 만나면 부처를 죽이고, 스승을 만나면 스승을 죽이고, 나한을 만나면 나한을 죽이고, 부모를 만나면 부모를 죽이고, 친척을

---

85) 최인훈, 앞의 책, 208쪽.

86) 道流 儞欲得如法見解 但莫受人惑 向裏向外 逢著便殺 逢佛殺佛 逢祖殺祖 逢羅漢殺羅漢 逢父母殺父母 逢親眷殺親眷 始得解脫 不與物拘 透脫自在. 해석 : "도를 배우는 벗들이여! 법다운 견해를 터득하려면 남에게 미혹[속임]을 당하지 말고 안에서나 밖에서나 마주치는 대로 곧바로 죽여라. 부처를 만나면 부처를 죽이고, 조사를 만나면 조사를 죽이고, 아라한을 만나면 아라한을 죽이고, 부모를 만나면 부모를 죽이고, 친속을 만나면 친속을 죽여라. 그래야 비로소 해탈하여 사물에 구애되지 않고 투철히 벗어나서 자유자재하게 된다." 무비스님, 『임제록강설』, 「14~17 부처를 만나면 부처를 죽여라」, 불광 출판부, 2005, 192~195쪽.

만나면 친척을 죽어야만 비로소 해탈할 수 있다[87] ― 구보 씨는 쓰기를
마쳤다.[88]

앞의 인용에서 '혼자만 잘살자고 말아라'라는 '행복의 원리'를 '작
품을 통해 보급한다'는 것은, 곧 자비심 가득한 보살행을 말하는 것
과 다름없다.

임제선사의 말씀을 강조하여 옮겨 적은 것은 선입견과 편견, 집착과
욕망, 혈연과 믿음마저 모두 의미 없다고 보는 길[공관; 空觀]이 고해를
살아갈 수 있는, 혹은 벗어날 수 있는 유일한 해탈의 길임을 대변한다.

전쟁을 피해 부산 앞바다에 도착한 화가 김준구는 거기까지 피난을
하면 살아난 것으로 생각했고 비슷한 처지의 소설가 구보 씨도 그렇게
믿었다. 그러나 전쟁은 끝난 것이 아니라 잠시 멈춘 것일 뿐이며, 그렇
기 때문에 나라 한 가운데를 갈라놓은 분단선―휴전선을 넘을 수 없어
실향민이 되었다. 그들은 자신들만 이런 일을 당했다고 생각했으나, 같
은 나라에 살고 있는 다른 사람들의 삶도 현격히 다르게 보이지 않는
다. 공비는 때때로 내려오고 남북회담은 항시 결렬되며 인정은 각박해
져 가고 내세울 만한 문화라는 것도 그리 탐탁지 않다.

---

87) 『임제록』의 인용은 머리말에서도 언급하였듯, '최인훈전집 12, 『문학과 이데
올로기』, 「신문학의 기조」, 문학과지성사, 2009, 192~193쪽'에서도 동일하다.
각주 27) 참조. 그런데 '『소설가 구보 씨의 일일』, 「제11장 겨울 낚시」, 문학과
지성사, 2010'에 인용된 원문 부분인 '不與物狗' 구절에서 마지막 글자를 '狗[개
구]'로 표기하고 있다. 그러나 '『문학과 이데올로기』, 「신문학의 기조」, 문학과
지성사, 2009.'에서는 '拘[잡을 구]'로 표기하고 있다. 임제록의 다른 판본에서
도 모두 '拘'로 표기하며, 해석상으로 볼 때도 '사물에 구애(拘碍)를 받지 않아
야'라고 이해하는 것이 타당하므로 '拘'자가 옳은 표기라고 판단한다. 따라서
작가의 오류라기보다는 『소설가 구보 씨의 일일』 2010년 문학과지성사 판의
오식(誤植)이라고 추정된다.

88) 최인훈, 앞의 책, 311쪽.

세상에 대단한 것이 없어 보이는 방랑 승려의 스산한 마음으로 계룡산 신도안은 어디에도 없다고 믿는 마음, 이것은 불교 수행자의 눈으로 보는 고해의 전형적인 모습이다. 고해를 버틸 수 있는 유일한 방편은 이러한 고통스러운 세상이 헛됨을 알아보고 자비심 가득한 보살행으로 살아야 한다는 것이다.

다. 고해의식의 표현

『소설가 구보 씨의 일일』과 『하늘의 다리』에서 뿐만 아니라, 전망 부재展望不在나 참담한 세계관은 대부분 작품에서 기본적인 의식으로 전제되어 있다.[89] 그러나 이러한 세계관을 '비관적'이나 '비극적'으로 보려하지 않고 '고해적苦海的'으로 보려는 시각은, 앞서 살펴본 바대로 그 고통스러운 세상을 극복하기 위한 방법으로 육화된 불교 전통에 대한 모색을 제시하기 때문에 생겨난 것이다.

청소년기를 통해서 대면했던 처참하기만한 현실 세계와 등을 돌린 다음, 찾아든 첫자리는 '책'으로 대표할 수 있는 관념의 세계였다. 그러

---

89) <현대는 성공의 시대가 아니라 좌절의 시대이며, 도하(渡河)의 시대가 아니라 침몰의 시대이며, 한마디로 난파의 계절>이라는 최인훈의 비관주의는 그의 작품세계에 일관되어 있다. 『광장』의 명준은 막다른 골목에 이르러 자살한다. 「구운몽」의 민은 얼어죽는다. 「금오신화」의 주인공은 총격에 죽은 자기의 시체가 강물에 떠려려 가는 것을 보며 통곡하는 것으로 끝난다. 「9월의 달리아」나 「7월의 아이들」도 이와 별로 다르지 않은 파국에 이르고 있다. 김병익·김현 책임편집, 『최인훈』, 염무웅, 「상황(狀況)과 자아(自我) ―최인훈론(論)」, 도서출판 은애, 1979, 20~21쪽.

나 그 세계에서도 삶을 풀어낼 답은 어디에도 발견할 수 없었다. 관념의 세계도 고해일 따름이다.

> 눈에 벌겋게 핏발을 세우며 밤샘을 하여 책을 읽던 무렵, 참 숱해 읽기도 했거니 그는 생각한다. (……) 책에 음(淫)한 무렵, 그때는 되레 살 만한 때였다. 아무것에나 매달릴 수 있으면 괜찮은 편이라는 뜻에서, 그다음에 온 것, 그리고 지금까지 이어지고 있는 마음밭의 모습이 말썽이었다. 현은 끝내 책을 버리고 말았다. 책을 아무리 봐도 책에서 얻고 싶었던 것은 얻어지지 않았다. 책이 쓸모없음을 안 것이 아마 책의 쓸모의 모두였다. (……) 한마디로 아무것도 모른다는 것, 그 모른다는 것을 똑똑히 알고 있다는 것, 두 겹으로 싸인 덫에 치어 발버둥 치는 꼴, 그것이 자기였다.90)

작가 안수길이 추천하여 최인훈의 등단작으로 알려진 단편소설「그레이Grey 구락부 전말기」의 앞부분이다. 현실에서 도피했던 '책에 음淫한 무렵'에는 차라리 '되레 살 만한 때'였지만, '아무것도 모른다는 것'만 '똑똑히' 알아버려서 '두 겹으로 싸인 덫에 치어 발버둥 치는 꼴'이 결국 '자기였다'는 자괴의 변이다. 현실세계에서는 전쟁과 분단, 그로 인한 피난과 실향이, 정신세계에서도 '아무 것도 모른다는 것'의 깨달음이 '두 겹에' 두 겹을 더하는 가중된 고통이다.

이렇게 현실과 관념 어느 곳에서도 삶의 의미 또는 자신의 존재감이나 정체성을 찾지 못하는 작중 인물은 스스로 비참한 상황에 처해 당황하다가 결국 치졸한 결말을 보여준다.

---

90) 최인훈, 최인훈전집 8, 『웃음소리』,「그레이Grey 구락부 전말기」, 문학과지성사, 2009, 7~8쪽.

이 등단작을 비롯하여 참혹한 세상에 대한 가치관, 즉 고해의식이 가장 선명하게 드러나는 작품들이라면 단연 작가의 단편소설들이다.

단편소설 작품집 『웃음소리』[91]에 실린, 왕성하게 작품을 발표하던 시기[92]의 연이은 단편들은 거의 예외 없다시피 서글프고 처참한 지경에 갇힌 인물들의 이야기뿐이다.

「그레이Grey 구락부 전말기」는 절망적 젊은이들이 그들만의 은밀한 모임을 꾸려가는 전말顚末을 이야기하지만, 종국에는 수사기관이 불온세력으로 오인하는 터무니없는 파국으로 맺는다.

「라울전」에서는 한 지식인이 그의 우유부단 때문에 진리를 놓치고 좌절의 나락으로 떨어져버리고, 「우상의 집」에서는 동경하던 철인哲人이 정신이상자에 불과했다는 허망함을 보여준다.

전쟁 중의 한 장면 「9월의 달리아」에서는 인간의 핏빛과 달리아 꽃을 맞대응시키고, 「수(囚)」는 제목 그대로 갇힌 인간의 왜곡된 정신을 정밀히 묘사한다.

「7월의 아이들」에서는 소년들이 그들 자신도 알지 못한 채 드러낸 자연적 야수성이 빚어내는 무의미한 죽음을 냉정하게 그리며, 「열하일기」에서는 한국을 알레고리화한 '루멀랜드'를 결국 바다 속에 가라앉혀버리고 만다.

---

91) 최인훈, 최인훈전집 8, 『웃음소리』, 문학과지성사, 2009.
92) 「그레이Grey 구락부 전말기」(『자유문학』 1959년 10월), 「라울전」(『자유문학』 1959년 12월), 「우상의 집」(『자유문학』 1960년 2월), 「9월의 달리아」(『새벽』 1960년 1월), 「7월의 아이들」(『사상계』 1962년 7월), 「열하일기」(『자유문학』 1962년 7~8월), 「금오신화」(『사상계』 1963년 11월), 「웃음소리」(『신동아』 1966년 1월), 「국도의 끝」(『세대』 1966년 5월), 「놀부뎐」(『한국문학』 1966년 봄호), 「정오」(『현대문학』 1966년 10월) 등으로 1959년부터 1966년에 이르는 시기.

북한에 적응하지 못한 주인공은 남파南派되기를 간절히 기대하고 남한에서 자신만의 개인적 삶을 살 수 있을 것이란 꿈을 꾸지만, 그 주인공의 이야기「금오신화」에서는 가혹하리만치 부조리한 죽임을 당하는 것으로 맺는다.

죽도록 했던 사랑이란 환각과 환청에 불과하다는「웃음소리」, 미군부대가 즐비한 국도의 끝에는 고단한 기다림만 있기에 누나를 기다리는 동생은 외롭고 고달프다는「국도의 끝」등.

놀부의 성격을 새롭게 설정하지만 결국 험한 세상을 무사히 살기 위해서였을 뿐이라는「놀부뎐」, 인생의 한낮을 무의미하게 보내는 한 장면「정오」등.

주인공 춘향이와 이몽룡 그리고 월매를 비롯한 등장인물들을 한없이 불쌍하게 그려내는「춘향뎐」에서는 그중에도 변학도를 가장 불행한 인물로 동정한다.

의심이라는 한 조각구름이 빈틈없다고 믿었던 연인 사이에 지우지 못할 그림자를 드리우는「귀성」, 연인과 왔던 호수에 여자 홀로 찾아와 물속으로 빠져드는 하나의 노을 장면,「만가(挽歌)」등.

장편소설에서도 거의 예외 없이 암울한 현실상황을 배경으로 설정해놓고 혼란스럽게 자조하는 장면들을 부단히 삽입한다.

『광장』은 우선 전쟁, 그것도 동족상잔 전후의 이야기다. 이미 38선은 그어졌고 아버지는 '해방되던 그 해' 월북하였으며 어머니는 앓다가 세상을 떴다. 아버지 친구집에 기숙하며 어느 것에도 흥미를 보이지 못하는 철학과 대학생 이명준이 주인공이다. 아버지가 대남방송을 시작하자 공안 형사에게 끌려가 폭행당한 뒤 북한으로 밀항한다. 한국전쟁이 터지자 북한군으로 남한에 와서 옛 애인을 찾지만 경멸하던 다른 남자와 결혼한 상태. 자신의 아이를 잉태한 새로운 애인은 폭격으로 죽고, 남북한 어느 쪽으로도 송환을 거부한 전쟁포로로서 중립국 인도로 향하다가 중간에 사라진다.

실향민이기 때문에 땅을 디디고 있는 다리가 아닌 '하늘에 걸린 다리'를 볼 수밖에 없는 주인공이 등장하는 『하늘의 다리』는, 전형적인 피난민인 그가 낯선 타지에서 실의와 좌절을 곱씹으며 살아가는 모습을 그린다.

서양 카니발이라 할 수 있는 '크리스마스'를 어떻게 정전停戰 후 이 땅에서 이해해야 하는지를 스스로에게 물어보는 듯한 연작 『크리스마스 캐럴』은, 이데올로기 혼란으로 야기된 전통의 상실과 와전된 서양문물이 어떤 식으로 이 땅에 뒤섞여버렸는지를 차분히 따져본다.

광복은 했으나 '총독'은 방송을 계속하는 『총독의 소리』와 그에 대항하는 『주석의 소리』는, 반어적인 역사적 관점을 설정하여 과거와 현재를 역설적으로 설파한다.

예술가가 아니라 '소설 노동자'로서 어지러운 상념 속에 그날이 그날 같은 매양 마찬가지의 나날을 영위하는 『소설가 구보 씨의 일일』의 주인공 '구보'는, 일제강점기인 1930년대 박태원이 일찌감치 자조적으로 탄식했던 '소설가 구보 씨'의 일상과 별로 다름이 없어 보인다.

결국 한 사람의 지식인으로서 일생동안 지녀왔던 자신의 한국적 정체성이라는 '화두'를 고통스러운 기억의 글쓰기라는 수행방식으로 읊조리는 『화두』에 이르기까지, 최인훈의 소설들은 그가 세상을 인식하는 기본적인 틀이라는 것이 바로 '고해'에 다름 아님을 분명히 보여준다.

불교에서는 인생을 '고해화택苦海火宅'이라 비유한다. 괴로움만 가득한 바다에 불난 집이다. 최인훈 소설은 초기부터 거의 마지막 작품인 『화두』에 이르기까지 전쟁에서 피난해온 실향민인 작가와 유사한 처지의 주인공을 내세우고 있다.93) 전장을 잠시 피하는 정도로만 생각했던 피난은 분단이 고착됨으로써 실향으로 이어지고, 그 상황은 현재까지도 유효하다.

전쟁은 곧 끝날 것으로 믿었고 그러면 다시 고향으로 돌아갈 것을 조금도 의심하지 않았다. 그러나 그렇게 될 것을 평생 기다리다가 지금은 과연 돌아갈 수 있을 때까지 살아 있을까 하는 의문만 남았을 뿐이다. 세상이 예상한 대로는 결코 돌아가지 않는다는 것, 기대하는 것은 절대 대가 없이는 이루어지지 않는다는 것, 이런 것이 고통의 시작이자 결과이다. 피난과 실향이란 '인생은 고해'일 따름이라는 대표적이고 실제적인 현실이라는 것은 분명하다.

고해에 던져져서 떠다니고 있으니만큼 무언가 자신이 의지할 수 있는 뗏목이라도 찾고자 하는 갈망이 그의 작품 전반에 걸쳐 나타난다는 것은 자연스러운 결과라 할 수 있다. 우리에게 원래부터 내려오던 정신적 전통을 뒤돌아보고 찾아보는데, 그 전통의 가장 유구하고 보편적인 양상은 불교적인 것들이다. 그렇기에 고해의식을 철저히 감득하고 있는 작가의 작품들 내부에는, 불교적 상징과 구성요소들이 흩어져있거나 직조織造하고 있을 수밖에 없었던 것이다.

그런 불교 전통을 되살려 혼탁하고 희박해진 한국 문화를 중흥하는 길이 한국인의 주체적 자아를 다시 살려낼 수 있는 길임을 작품 속에서 줄기차게 확인시켜주고 있다.

---

93) 『가면고』, 『광장』, 『구운몽』, 『회색인』, 『서유기』, 『소설가 구보 씨의 일일』, 『하늘의 다리』, 『화두』 등, 최인훈의 주요 소설 주인공은 모두 전쟁을 직접 겪었거나 그 전쟁을 피하여 남쪽으로 피난 와서 살고 있는 실향민이다.

4. 『화두』 ─ 문학이라는 화두

가. 관념과 화두

최인훈은 대체로 '관념적 작가'로 통한다.[94] 이는 우선적으로 소설 작품에 서사적 요소보다는 사변적 내용을 훨씬 많이 담기 때문이다. 일반적인 소설과 사뭇 다른 그의 소설적 특징, 이른바 '관념적'이라는 것에 대하여 소설이라는 장르에 적절하지 않다는 논자의 지적도 이미 잘 알려진 사실이다.[95]

---

[94] 그의 소설들이 독자들에게 '현실 경험적'이기보다 '관념적'으로 읽히는 것은 그가 글쓰기를 의식의 발생과정으로 만들고 있기 때문이며 그의 작품들이 다양한 수법들을 개발하여 효과적으로 사용하고 있는 것은, 그럼에도 그 수법의 개발이 가령 포스트모더니스트들처럼 표 나지 않게 보이는 것은, 그의 의식들이 다양하게 발현된 덕분이며 의식과 표현의 그 긴밀한 유기성이 기법을 위한 기법의 가화성(假花性)을 억제해준 때문이다. 최인훈, 최인훈전집 14, 『화두 1』, 김병익, 「남북조 시대 작가'의 의식의 자서전」(1994), 문학과지성사, 2008, 521~522쪽.

[95] 그러나 잠언들과 촌철들을 아무리 많이 늘어놓았다고 하더라도 소설은 어디까지나 서사성이 가장 특징적인 유전인자가 되고 있는 이상, 일단 관념적 서술에 해당되는 부분들이나 에세이적인 것이라고 볼 수 있는 부분들은 우선 양적인 면에서 통제되어야 한다. 『광장』은 이런 면에서 문제점이 있는 소설이다. 조남현, 「『廣場』, 똑바로 다시 보기」, 『문학사상』 238호, 1992, 196쪽.

그러나 최인훈은 소설 쓰기를 '자기 인생의 문제를 가장 철저하게 해결하려' 하는 수단으로 삼았기 때문에 서사적 사건들보다는 관념적 해석과 관조적 묘사, 즉 생각의 정리─관념이 앞설 수밖에 없다.96) 이른바 형식논리라는 관념적 이해체계의 체득은 어린 시절부터 이어온 줄기찬 독서 몰입으로 인하여 이미 갖춰졌음을 알 수 있다.

> 내 밖에 있는 물건들을 그 물건들의 자격으로 보지 않고 그저 모두 마찬가지 '물건'으로, 바위는 그렇게 생긴 '물건'으로 기관차도 바위하고 다르게 생겼달 뿐 그런 '물건'으로 본 것이 아닌가 싶다. 그 물건들 자신을 잘 이해하지 못하는 아이들 일반의 감각이긴 하겠지만, 지금 생각해보면, 밤낮 책만 보고 있기 때문에 물질의 세계라는 것이, 마치 안개가 낀 바깥으로 문을 열고 나가 사람이 부딪히는 느낌을 준 것이 아닌가 싶다. 의속 속에서는 바윗덩어리도 질량이 없는 '의식'에 지나지 않는다.97)

태어난 고향 회령에서 원산으로 이주해 중학교를 다닐 무렵, 이미 작가는 이런 타고난 관념적인 성향을 몸에 익히고 있었으며, 그것을 그대로 그의 전반적인 글쓰기에 반영한다. 그 연유는 '운명적'이라고 볼 수밖에 없다.98)

---

96) 어떤 인간이 자기 인생의 문제를 가장 철저하게 해결하려 하면 할수록 그는 관념적이 된다[최인훈, 『광장』(발간 40주년 기념 한정본), 「이명준, 좌절과 고뇌의 회고」, 문학과지성사, 2001, 62쪽]. 최인훈, 최인훈전집 1, 『광장/구운몽』, 문학과지성사, 2010, 403쪽.

97) 최인훈, 최인훈전집 14, 『화두 1』, 문학과지성사, 2008, 34쪽.

98) 『회색인』이 의식하고 있는 사람 곧 사유인의 색깔을 그려주는 것이며 『서유기』가 그 분방한 사유의 모험을 따라가주는 것이라면, 『화두』는 바로 그 의식의 주제 혹은 그 방식을 가리킬 것이다. 그가 왜 이처럼 의식하는 사람, 즉 사유인으로 성장했을까. 원천적으로 우리는 그것이 그의 '운명'이라는 것밖에는 달리 설명할 수가 없다. 최인훈, 최인훈전집 14, 『화두 1』, 김병익, 「남북조 시대 작가'의 의식의 자서전」(1994), 문학과지성사, 2008, 522쪽.

한편, 불교용어로 관념[99]은 '마음을 가라앉혀 부처나 진리를 관찰하고 생각함'을, 관조[100]란 '지혜로 모든 사물의 참모습과 나아가 영원히 변하지 않는 진리를 비추어 봄'을 뜻한다. 그렇기에 '관념적'이고 '관조적'인 최인훈의 작품들 면면에서, 마찬가지로 관념적이고 관조적인 불교적 성격으로 살펴본다는 것은 동의어 반복과 같은 작업이라 할 수 있을 것이다. 예컨대 '화두'라는 단어는 그 관념성의 정점頂點에 놓여있다.

불교용어에서 전용轉用하여 이미 일반화한 '화두'[101]라는 용어를 최인훈은 여러 방식으로 규정하여 설명하고 있는 바, ㈎에서는 『화두』 첫머리에 그의 작품 『화두』가 지니는 자신만의 의미를 적시해놓았다.

그리고 그 말에 자신이 어떤 각별한 감정을 가지고 있는지㈏, 또한 그에게 있어 화두라는 말이 지닌 역사적 개념은 어떠한 것인지㈐, 그의

---

99) 관념(觀念) 「명사」
　① 어떤 일에 대한 견해나 생각.
　② 현실에 의하지 않는 추상적이고 공상적인 생각.
　③ 『불교』 마음을 가라앉혀 부처나 진리를 관찰하고 생각함.
　④ 『심리』 사고(思考)의 대상이 되는 의식의 내용, 심적 형상(心的形象)을 통틀어 이르는 말. 『국립국어원 표준국어대사전』.
100) 관조(觀照) 「명사」
　① 고요한 마음으로 사물이나 현상을 관찰하거나 비추어 봄.
　② 『예술』 미(美)를 직접적으로 인식하는 일.
　③ 『불교』 지혜로 모든 사물의 참모습과 나아가 영원히 변하지 않는 진리를 비추어봄. 『국립국어원 표준국어대사전』.
101) 화두(話頭) 「명사」
　① 이야기의 첫머리.
　② 『불교』 선원에서, 참선 수행을 위한 실마리를 이르는 말. 조사(祖師)들의 말에서 이루어진 공안(公案)의 1절이나 고칙(古則)의 1칙이다. 『국립국어원 표준국어대사전』.
　＊ 화두 : 선종에서 고측(古則)·공안(公案) 등의 1절(節)이나 1측(則)을 가리킴. 종장(宗匠)의 말에서 이루어진, 참선자가 연구하여야 할 문제. 두는 어조사. 『동국역경원 불교사전』.

생각에 그 화두라는 말에는 어떤 울림이 있어야 할지(라)에 관하여 다음과 같이 서술한다.

> ㈎ 20세기를 이제 몇 해 남겨놓지 않은 이 시점에서도 20세기의 두 얼굴은 마치 우리를 유혹하는 악마의 얼굴처럼, 천사의 얼굴처럼 우리를 착란과 희망의 소용돌이 속으로 몰아놓은 듯싶다. 각자에게는 각자의 대처 방법이 있을 것이다. 살다 보니 나에게 가장 손에 익은 방법은 '문학'이라는 돛대에 자기 몸을 묶는 일이 이 소용돌이를 벗어나는 ― 적어도 직시하는― 길이었다. 『화두』는 그러한 항해자의 기록이다.102)

1959년 등단작 「그레이Grey 구락부 전말기」를 내놓은 뒤 1973년 장편소설 『태풍』을 연재하기까지 전업 소설가로서 거의 한 해도 쉬지 않고 소설작품 발표를 계속한 최인훈은, 1973년부터 1976년까지 미국에 체류하면서 소설 쓰기와 발표를 잠정 중단한다. 그 후 소설 발표로는 거의 이십여 년이 지나서 『화두』를 내놓으며 밝힌 그의 소개말이다.

'착란과 희망의 소용돌이'였던 20세기를 마무리하는 시점에서 그 격동의 세기를 살아온 자신으로서는 '문학'이라는 '돛대'에 '자기 몸을 묶는 일'로 삶을 점철했다는 것. 이런 의미로서 문학 작업 혹은 문학 활동이란 적어도 그 시대를 살았던 자신에게는 일생을 관통하는 '화두'였다는 소회다.

화두를 품고 '소용돌이'를 '항해'하는 것을 불가佛家에서는 수행이라 하며, 그 수행은 구도를 향한 정진精進이기도 하다. 일생에 걸쳐 닥쳐온 고해를 문학이라는 화두를 풀어내면서 항해해온 기록이라는 『화두』는, 간단히 표현하자면 '수행의 기록'이다.

---

102) 최인훈, 최인훈전집 14, 『화두 1』, 「1994년 제6회 이산문학상 수상 소감」, 문학과지성사, 2008, 10쪽.

(나) 나는 중국 시가의 운치를 제법 깊이 연구나 한 사람 같은 환각을 경험하곤 하기도 하고 '화두(話頭)'라는 용어에서 마음에 벼락을 맞은 듯한 환상을 가지기도 했다. 이 '화두(話頭)'라는 말은 지금까지도 나를 붙들고 놓지 않는다. 나는 예전처럼 그 말에 짝사랑하는 기력은 형편없이 줄었지만 지금은 그 말 쪽에서 나를 짝사랑하는 것은 아닐까, 하는 새 환각에 가끔 빠진다.103)

인간을 생물학적 또는 동물적 존재로 표현할 때는 알파벳 대문자 I로, 진화하는 존재로서는 소문자 i(문명적 동일성 또는 정체성104))로, 예술을 창조하는 존재로는 이탤릭 필기체 *i*(예술적 동일성)로 규정한다. 인간형들을 언어 기호로 분류 표현하는 최인훈의 방식에 비추어, 그에게 언어란 인간성 자체를 의미한다고까지 할 수 있다.105) 아래의 예문 (다)에서도 '언어의 발생을 분수령으로 해서 의식은 동물의 감각과

---

103) 최인훈, 최인훈전집 15, 『화두 2』, 문학과지성사, 2008, 237쪽.
104) 최인훈은 알파벳 'I'를 영어단어 Identity의 약자로 사용하며, 주로 '동일성'이라고 옮겨 적는다.
105) 인간이 I의 상태를 면하는 것은 i의 능력인 자기 자신의 동일성을 넘어서는(i1, i2, i3……) 능력인데, i에서는 그 능력의 극한을 환상하는 것입니다. 계통 발생이 무한대로 진행된 끝에 성립한 인간의 개체를 상상하면 될 것입니다. 즉 i로서의 인간은 선대(先代)의 능력을 의식과 기호의 힘으로 학습 승계한다는 특이한 개체 발생(i)의 형식을 가진 존재가 이 위력 있는 능력의 그 극치점을 공상하는 상태입니다. 예술에서는 우리는 기호의 힘에 도움 받아서 우리 자신 곳에 무한대의 인격이 곧 나 자신임을 공상합니다. i는 개체 속에 갇힌 무한 세대의 윤회입니다. 개체 속에 압축된 인류의 계통생(生)입니다. 예술적 자아인 i는 이른바 소아(小我)가 아니라 대아(大我)입니다. 그 대아가, 이 육신 속에 있다는 역설이 예술의 법열입니다. 그러나 물론 환상의 기쁨입니다. 예술품을 감상할 때 우리는 그 예술품을 I나 i의 입장에서 우주의 한 부분이라고 생각하지 않고 자신까지 포함된 우주 자체라고 환상하기로 한다는 말입니다. 인간이 자신 속에 머물면서 자신을 넘어서는 인간의 자기동일성의 이런 부분이 i로 표시된 부분입니다. 최인훈, 최인훈전집 13, 『길에 관한 명상』, 「예술이란 무엇인가」, 문학과지성사, 2010, 243쪽.

갈라진다'고 지적한다.[106]

그는 '화두'라는, 곧 언어로 표현한 한 단어일 뿐인 그 두 글자에서, '마음에 벼락'을 맞는다. 심지어 인간인 자신이 '화두'라는 언어에 애착하였으나 나중에는 역으로 그 언어인 '화두'가 자신을 붙잡고 있다는 '환각'에 빠진다고까지 느낀다. 이러한 언어와 인간성 사이에서 일어나는 공감과 소통에서 이른바 간화선 수행의 전형적인 방식을 발견할 수 있다.

> ㈐ '화두(話頭)'라는 것이 옛날 지식인들에게 어떤 의미였던가를 알 것 같다. 대개 어느 문명에서나 그 문명의 중심 개념 몫을 하는 말이 있기 마련인데, 동아시아 문명의 우리가 속한 지난 2천년쯤의 기간에 우리 선배 지식인들의 정신생활의 소식을 가장 안의 움직임이 살아 있게 옮길 수 있는 말이 이 '화두'라는 말이라고 나는 생각하고 싶다. '너 자신을 알라'라든지, '견신(見神)'이라든지, '회심(回心)'이라든지, '변증법'이라든지, 'Cogito ergo sum'이라든지, '의식의 지향성(志向性)'이라든지 하는 서양의 사고 생활이 전해오는 열쇠 개념 모두를 떠올리는 힘이 '화두'라는 말에서는 옮아온다. 마음이 벗어놓은 허물들, 마음이 머물다 간 거푸집인, 이미 틀지어진 기성의 개념들을 벗어나서 마음의 생성과 변화를 거슬러 가보려는 결의가 내비치는 말이다. 생물학에서의 발생(發生)의 개념을 의식에 적용하려는 태도다. 이 '발생'이라는 개념으로 의식 현상을 이해하는 것이 지금의 나에게는 제일 생산적으로 느껴

---

106) "최인훈의 견해도 있소. 사람은 동물인 만큼 내면성을 갖는다는 것. 그 내면성은 언어에 의해 또 하나의 내면성을 갖는다는 것. 이 내면성은 문자의 발견으로 또 하나의 내면성을 형성한다는 것. 짐승과는 달리 인간은 세 층위의 내면성으로 이루어진다는 것. (……) 디엔에이란 동물 공통의 것. 짐승도 내면성을 갖소. 백곰도 같겠다. 그러나 사냥꾼, 인간은 언어를 갖고 있어 또 하나의 내면성을 갖고 있겠다. 다시 인간은 문자의 발명으로 또 하나의 내면성을 갖는다. 이 문자가 이른바 자아각성 또는 주체성을 가져 왔을 터. 촘스키는 언어의 내면성을, 최인훈은 종족의 법식이라는 내면성을 지적했겠다." 김윤식, 『한겨레신문』, 김윤식의 문화 산책, 「세 층위의 내면성으로 이루어진 인간」, 2014년 3월 3일자.

진다. 의식의 발생과정의 가장 분명한 궤적이 언어라는 생각이다. 언어 이전에도 의식은 있었지만, 언어의 발생을 분수령으로 해서 의식은 동물의 감각과 갈라진다. 그러나 동물의 감각과 끊어지는 것이 아니다. 아마도 변모(metamorphosis)했다거나, 지양(止揚)되었다고 보인다. 그런 사정을 화두(話頭)라는 개념은 잘 전하고 있다.[107]

화두라는 한 마디 말에서 동서양문명의 역사적 축적을 한꺼번에 통찰하고 있다. 서양문명의 '열쇠 개념 모두를' 화두라는 한 마디에 대응하여 압축하는가 하면, 우리 '문명의 중심 개념 몫을 하는 말'이자 '우리 선배 지식인들'의 살아있는 정신생활을 전해주는 말이라고도 생각한다. 이는 화두라는 말이 '2천년쯤의 기간' 동안 우리 정신의 생생한 지주로 쓰였다는 뜻이며, 결과적으로 불교용어인 화두가 이미 그 원용의 의미를 넘어서 동양 문명의 정신적인 틀이었다고 확신하는 부분이다.

㈜ '자기'를 확립하는 방법이 선행의 어느 세대의 환생(還生)으로서 자기를 인식하는 데서 찾아졌다는 이 매개적인 형식에 사실 조금 어리둥절해지지 않는 것은 아니다. 전에 내 생각에는, '자기'를 확립한다는 것은 남에게 없는 어떤 새 경지를 자기 것으로 만드는 방향에 있을 것은 틀림없다고 믿었기 때문에 생애의 이 시점에 나에게 찾아든 이 환생감(還生感)은 예측하지 못한 것이라는 점에서 어리둥절한 바 없지 않다. 그러나 그 느낌은 그저 이론적 반성의 순간에 그렇달 뿐 이 환생감이 주는 생생한 현실감을 부정하지는 못한다. 그 느낌 ― 내가 곧 이상이며, 박태원이며, 이태준이며 그리고 조명희이기까지 하다는 느낌이 주는 이 법열(法悅)을 어떻게 부인할 수 있겠는가. 법열, 그렇다. '화두'라는 말은 마땅히 법열, 이런 계열의 말이 화답해야 할 질문의 형식이지 싶다.[108]

---

107) 최인훈, 최인훈전집 15, 『화두 2』, 문학과지성사, 2008, 24~25쪽.
108) 최인훈, 앞의 책, 227~228쪽.

화두를 품은 인간에게는 그것을 풀고자 하는 수행의 끝에 모종의 '법열'이 따르는데, 그것은 '어느 세대의 환생으로서 자기를 인식'함을 통해 자기 확립이 이루어지는 순간이다. 여기서 말하는 '환생'이란 윤회를 의미하지는 않는다. 윤회란 한 인간이 태어남과 죽음을 반복하는 것이지만, 위의 예문에서 사용하는 '환생'이란 여러 인격이 살았던 삶을 누적하거나 집약하는 형태라고 본다.[109]

그렇기 때문에 '내'가 '곧 이상이며, 박태원이며, 이태준이며 그리고 조명희이기까지 하다는 느낌'이고, 그것이 바로 '법열'이다. 인간이라는 존재가 무엇인가라는 화두, 그 화두가 풀어지는 자리에는 더할 수 없이 지극한 법을 깨달은 기쁨―법열이 자리해야 한다고 믿는다. 던지는 화두에 법열이 화답한다. 수행이 도달하는 방식은 이렇게 이루어진다.

이처럼 '화두'라는 두 글자 한 단어는 최인훈에게 있어 다차원적이고 복합적인 뜻을 내포하고 있다. 인생을 헤쳐 나가는 수행의 방법으로, 단지 한 인간으로 존재하기 위하여 문학이라는 돛대에 몸 묶기를 택했다는 화두, 자기 스스로 화두라는 말에 집착했고 나중에는 그 말이 자신을 사로잡았다는 언어와 인간 사이의 유대를 엮어낸 화두, 문명 자체를 화두라는 말 안에 모두 담을 수 있고 또 담겨있을 수 있다는 화두, 마침내 환생감이 불러일으키는 깨달음의 법열이 화답하는 화두. 관념이라는 개념이 지닌 모든 의미를 화두라고 일컫는다.

---

109) 문명의 진화라는 것을 그 전 세대의 총체적 합이라고 보는 것도 최인훈의 견해이다. 「예술이란 무엇인가」와 「길에 관한 명상」(최인훈, 최인훈전집 13, 『길에 관한 명상』, 문학과지성사, 2010, 223~258쪽) 참조.

나. 『화두』의 구성

1973년 장편소설 『태풍』을 「중앙일보」에 마지막으로 연재한 뒤, 미국으로 건너가 약 4년간 체류한 작가는 1976년 귀국 후 『옛날 옛적에 훠어이 훠이』를 시작으로 일련의 희곡작품을 1978년까지 발표한다. 서울예술전문대학[110] 교수로 재직하면서[111] 뚜렷한 후속 작품 발표를 잠정적으로 중단한다. 그러던 중 1994년, 문학작품 발표로는 약 17년 동안의 공백기를 넘어 『화두』를 총 두 권으로 나누어 민음사에서 간행한다.

이 작품은 텍스트로 삼고 있는 문학과지성사 판본[112]으로 헤아려볼 때, 1편이 511쪽, 2편이 586쪽에 이르는 방대한 장편이다. 단원은 작가가 아라비아 숫자로 정해서 매겼는데, 1편이 7개 단원, 2편이 11개 단원이다. 두 편의 단행본 「차례」에는 단원들을 구분하여 쪽수를 표기하지 않았고 단지 본문과 해설부분만 나누어 실어놓았다. 작가가 숫자로 구분한 각 단원들은 다시 행을 한 칸 떼는 형식으로 한 개 혹은 여러 개의 단락들을 구분하여 포함하고 있다.

단원을 구분하는 방식은 '기억의 글쓰기'[113]라는 내용에 걸맞게 시

---

110) 현재 서울예술대학교
111) 1977년부터 2001년 정년퇴임 때까지.
112) 최인훈, 최인훈전집 14, 『화두 1』, 최인훈전집 15, 『화두 2』, 문학과지성사, 2008.
113) 작가는 이 세계에 존재하는 모든 대상에 대해 깨어 있는 기억으로 대면하면서 그 대상을 생생하게 만드는 방법을 '기억의 현상학'이라거나 '기억의 리얼리즘'이라고 말한다. 덧붙여서 말한다면, 그것은 '기억의 탐구'일 수도 있다. 이러한 시각과 방법에 의해서 씌어진 『화두』야말로 무엇보다도 풍부한 기억의

간이 흐르는 간격을 기준으로 한다. 그러나 연도별이거나 시기를 순차적으로 정확하게 구분하는 방식이 아니라, 집필시기와 비교적 멀지 않은 시간대를 기준으로 어린 시절을 비롯하여 미국생활과 러시아여행, 많은 사람들과 가졌던 면담과 역사적 사건과 인물들에 대한 숱한 기억들을 단속적斷續的으로 삽입하거나 연결한다.

그 결과 『화두 1』은 작가가 기억할 수 있는 가장 어렸던 시절인 회령에서 국민학교 다녔던 때부터 원산에서 전쟁을 겪고 부산으로 피난 온 중고등학교 시절을 회상하는 것에, 1973년부터 1976년까지 미국에 체류했던 기억, 1987년 다시 미국을 방문했던 기억을 엮어서 이야기를 이어나간다. 첫 부분이 어린 시절을 돌아보는 것으로 시작해서 마지막은 1976년 미국에서 첫 희곡작품을 쓰고 한국행 비행기에 몸을 싣는 것으로 맺는다.

『화두 2』의 첫 부분은 1989년 초여름의 어느 날 아침잠에서 깨어나, 재직하고 있는 대학으로 출근하는 장면에서 시작한다. 남한에 정착한 뒤 작가생활과 교직생활을 영위하는 이야기가 펼쳐지며, 작가들과 동행한 1992년 러시아 여행 이야기가 이어진다. 그 여행에서 돌아와 미국에 거주하는 아버지의 전화를 받고, '이 소설은 어느 가을밤에 그렇게 시작되었다'114)는 문장으로 마친다.

이 작품을 '소설'이라고 분명히 적시한 작가의 표명115)에도 불구하

세계를 담고 있는 소설이다. 이 소설의 모든 이야기가 화자의 기억이란 범주에서 이해할 필요는 없겠지만, 기억의 형상화가 그만큼 중요한 것은 사실이다. 최인훈, 최인훈전집 15, 『화두 2』, 오생근, 「『화두』와 기억의 소설적 형식」 (1994), 문학과지성사, 2008, 597~598쪽.
114) 최인훈, 최인훈전집 15, 『화두 2』, 문학과지성사, 2008, 286쪽.
115) 이 소설의 부분들은 대부분 사실에 근거하지만 그 부분들의 원래의 시간적, 공

고, 서사적 사실주의[리얼리즘] 전통에 충실한 독자들은 얼마간 당황할수도 있다. 작품 내 주인공은 물론 '나'이고 그 '나'는 분명 작가 자신이다. 당연히 일인칭 주인공 소설이라 간주하면 형식면에서는 무방하나, 주인공 '나'는 작가가 소설적 필요에 의하여 창작한 허구적 인물이 아니라 아무래도 작가 당사자이며, 그가 실제로 겪은 사건들과 자신의 생각을 직설적으로 풀어놓는 이야기라는 확신이 든다.116)

따라서 작품진행을 따르다보면 점차, 일반 소설인지, 수필[에세이]인지, 회상록인지, 자신을 중심으로 하는 실록[다큐멘터리]인지, 자신의 이야기를 통해 분석하고 해설하는 한국현대사와 인류문명사에 대한 평론인지, 작품 성격 내지 장르 구분에 혼선을 일으킨다.

그러나 이런 헛갈림이란 작가가 치밀하게 의도한 것이 아닐까 짐작할 만한 단서가 있다. 그것은 『화두』첫 출판 머리말 끝에 작가가 굳이 '이 소설은 소설이다'라고 밝힌 것으로 추정해볼 수 있다. 독자의 혼란을 미리 염두에 두고 확실히 하자는 뜻으로 본다는 것이다. 작가가 이 문학작품 『화두』를 통해 전형적 소설 또는 리얼리즘 전통에 입각해온 소설에 대항하여 새로운 소설 형식의 전범을 수립하려는 노력으로 인정하고자 하는 관점이다. 이런 추측이 가능한 것은 이미 작가의 작품인

간적 위치는 소설 속에서 반드시 원형과 일치하지는 않는다. 즉, 이 소설은 소설이다. 최인훈, 최인훈전집 14, 『화두 1』, 「독자에게」, 문학과지성사, 2008, 19쪽.
116)『화두』는 영락없이 작가 최인훈의 모습을 담은 일인칭 소설이다. 이런 경우에 흔히 자전적 소설이라고 말하지만, 한 인간의 전체적 삶을 기록하고 정리하는 그러한 소설의 일반적 유형과는 달리, 이것은 어디까지나 작가적 삶 혹은 작가의 정신적 삶이 중심의 뼈대를 이루고 있다는 점에서 일반적인 자전적 소설들과 어느 정도 구별 지어 인식될 수 있다. 최인훈, 최인훈전집 15, 『화두 2』, 오생근, 「『화두』와 기억의 소설적 형식」(1994), 문학과지성사, 2008, 589쪽.

『구운몽』117)과『서유기』118)에서 형태상 비사실주의적 소설의 실험을 경험했기 때문이다. 이른바 '문학의 위기, 위기의 문학'을 운위하는 시대를 당해서 문학 장르에 대한 새로운 형식과 내용을 시행試行해보고자 했음은 아니었을까 가늠해본다.

『화두』를 읽는 동안, 작가가 기울인 각고의 노력을 직면할 수 있다. 자신의 탄생과 성장, 그리고 그 글을 쓸 때까지 겪어온 경험을 풀어내는 것을 일단 근간으로 한다. 그러나 그의 일생은 격동의 한국현대사와 거의 일치하기 때문에, 그 자신이 살아온 길은 곧 한국현대사의 역사적 기록과 다를 바가 없다.

서구 이데올로기의 혼입과 왜곡, 한국전통문화의 유실과 변형, 세계사의 일부로서 존재하는 한국사와 한국문화 등, 자신의 일생이 맞닥뜨려야 했던 모든 역사적 사실이 곧 작가 개인적인 사생활과 혼연히 뒤섞여있음은 당연한 일이기도 하다.

『화두』는 대체로 고통스러운 기억으로 점철한다. 자아와 세계를 인식하기 시작하는 청소년 시절부터 닥쳐왔던 역사적 환란은 그로서는 회피할 수 없었기에 그 한 가운데서 버텨왔을 수밖에 없었다. 전쟁과 피난, 그로인한 실향은, 작가로 하여금 어느 한 순간 마음 편히 행복한 삶을 구가할 수 있는 여유를 주지 않았다. 불시에 덮쳐온 광복과 동족상잔 그리고 그 여파는 그를 언제나 알 수 없는 불안감과 쫓기는 자의 고달픔으로 내몰았기 때문이다.

그런 고통의 과거를 돌아보며 직면하려는 것은, 그렇게 틀어졌던 역사의 진원을 파내려가고자 하는 의지를 실천하고자 함이며, 그러한 역사에

---

117) 1962년,『자유문학』4월호 발표.
118) 1966년,『문학』6월호부터 연재.

실려 살아왔던 자신을 돌아보려는 노력을 끊임없이 기울이기 때문이다.

『화두』의 구성은 '누보로망'을 연상시킬 정도로 기억의 시간대가 복잡하게 얽힌다. 인류문명에서부터 어린 시절 할머니를 따라 산사山寺에 갔던 일까지 작가 자신이 할 수 있는 한 모든 기억을 꺼내어 나름대로 뒤섞어 배열한다. 그 기억들을 분류하여 정리한다는 것은 그 의미를 찾기 어려울 정도다. 고통스럽기만 했던 기억들을 꺼내서 들여다보고 그 아물지 않은 상처들을 충분히 음미하고 명확히 성찰한 다음, 다시 닦아서 남겨놓는다는 작업. 기억이 고통스러웠던 만큼, 그 기억을 꺼내어 다듬는 작업도 고통스러울 수밖에 없다.

고행苦行을 수행修行으로 삼아 해탈의 '저 언덕'으로 다가가려는 노력, 불가에서는 이러한 의지를 수행자의 기본적인 자격으로 여긴다. 작가는 스스로 선택한 고행 또는 수행의 방법으로 고통스러운 기억을 재현하여 글로 써서 남긴다. 기억만 고통스러운 것이 아니라 그것을 되씹고 다시 써본다는 것도 역시 고통스러운 일이다.

결국, 『화두』는 방대한 기억의 자기 반영적 기록이라는 결과물 이전에, 작가가 선택하고 실천에 옮긴, 고행의 수행, 그 자체라 할 수 있다는 것이다. 그 수행의 전모를 요약하고 설명할 길이나 까닭은 없다. 그것은 작가 자신이 고통스런 글쓰기라는 실행을 하는 순간 동시에 수행을 이루고 있기 때문이다. 그렇기 때문에 세밀하고 치밀한 분석을 작가 행동에 적용해야할지 아니면 소설 내용에 가해야 할지 그 대상을 선정하기에는 저어하는 바가 강력하다. 그럼에도 불구하고 최소한의 구성을 살펴보고자 함은 그 방대한 기억 속에서 길을 잃지 않고 그 고행의 어려움에 동참하고 그 성찰을 다시 비춰보고자 함이다.

소설의 간략한 내용을, 회상과 사색은 불가피하게 제외하고, 그 줄거리 전개에 따라 대략 구분해보면 다음의 [표 3], [표 4]와 같다.

[표 3]

『화두1』(숫자는 텍스트 표기 쪽의 숫자)		
단원 (작가 구분)	단락 (행간 구분)	간략한 내용
「20세기의 개인」 (7~11)		『화두』는 '문학'이라는 돛대에 자기 몸을 묶은 한 항해자의 기록이다 [1994년 제6회 이산문학상 수상 소감].
「21세기의 독자에게」 (12~17)		'전생前生의 나'는 '전일前日의 나'의 비유에 지나지 않는다. 우리는 매일 '윤회'하고, 매일 '부활'할 뿐만 아니라, 하루 중에도 매초 매 순간 '윤회'하고 '부활'한다―이 파악은 비유가 아니라 사실이다 [2002년 늦은 봄 화정花井에서 최인훈].
「독자에게」 (18~19)		이 소설은 아직 공룡의 몸통에 붙어 있는 한 비늘의 이야기다 [1994년 2월 최인훈].
1. 23~108 (총 81쪽)	1. 23~ 28	H(회령)시의 기억과 W(원산)시에서 중고등학교를 다니던 시절의 기억.
	2. 28~ 40	H시에서 W시로 옮겨간 까닭, 과정, W시의 전경과 전학한 중학교에 대한 기억.
	3. 40~ 51	벽보에 쓴 글로 자아비판회에서 비판을 당한 것, 일제 때(국민학교 시절)의 경험.

	4. 51~103	중고등학교 시절에 대한 여러 감상과 회상.
2. 104~150 (총 47쪽)	1. 104~105	1987년 봄, 뉴욕 케네디 공항에서 1951년 M(목포)시에서 잠깐 만났던 남자가 지나가는 것을 순간적으로 알아본다.
	2. 105~150	1973년 아이오아 대학 초청 프로그램으로 그곳을 방문했던 기억.
3. 151~286 (총 136쪽)	1. 151~192	1987년 자신의 회곡 공연을 위해 뉴욕 퀸즈 방문, 버지니아를 들렀다가 다시 뉴욕으로 이동. 1976년 브록포트에서 이루어졌던 자신의 회곡 번역본 공연을 번갈아 회상한다. 자신이 원작을 쓴 회곡이 연극으로 상연하는 것을 보고 몇몇 곳을 둘러본다.
	2. 192~228	브록포트 시절의 기억에서 떠나, 다시 1987년. 뉴욕 <아시안 레퍼터리 극단>의 『옛날 옛적에 휘어이 휘이』 공연 준비를 지켜본다.
	3. 228~235	공연연습을 보고 하숙에 돌아오자 W고등학교 시절의 친구에게 전화가 걸려와 있었다.
	4. 235~273	공연연습 도중 용마 출현 장치를 감상하고 고등학교 시절의 친구와 만난다. 그와 학교 시절을 기억하던 중 한국전쟁이 터지는 때, 그리고 이어지는 폭격과 피해복구 동원과 유엔군의 출현과 피난을 떠났던 것을 회상한다. 첫 공연을 마치고 버지니아를 향해 뉴욕을 떠난다.
	5. 273~286	버지니아 큰 동생네에서 아버지를 뵙고 둘째 동생네에 가서 계수에게 옷을 사준다.
	1. 287~316	다시 1973년 어머니 장례식의 기억.

	2. 316~322	어머니의 장례 후 아이오와 메이플라워로 돌아온다.
4. 287~329 (총 43쪽)	3. 322~329	메이플라워에 돌아와 묘지에서 산책을 한다. 마왕이 나오는 꿈을 꾸는데(?~1973),/ SLEEP IN PEACE/ THOU SHABBY SOUL/ WANDERER FROM THE UNKNOW N LAND 라는 비석을 본다. 얼음더께를 뜯어내고 읽은 묘지 이름은, '내 이름이다.'
5. 330~379 (총 50쪽)	1. 330~351	아이오와 생활을 마치고 버지니아 동생 집으로 돌아가 아버지와 북한 회령에서 보낸 어린 시절을 추억한다. 기억에 대한 단상들.
	2. 351~357	워싱턴 부근 항구도시 알렉산드리아에서 부두 시장을 산책한다.
	3. 357~372	버지니아로 돌아온 뒤 나선 소풍 이야기. 아버지가 자신이 미국에 머물러줄 것을 물어봐 달라고 부탁했다는 전언을 듣는다. 그리고 그가 살아온 한국, 그 당시의 한국에 대한 상념.
	4. 372~379	이어지는 한국 현대사와 당시 상황에 대한 상념, 자신의 작품인 『광장』과 『구운몽』에 대한 여러 가지 생각.
6. 380~408 (총 30쪽)	1. 380~408	[최인훈전집 11, 『유토피아의 꿈』, 「아메리카」, 문학과지성사, 2010, 195~214쪽]의 내용과 거의 동일하고, 별표[*; asterisk]를 통해 문단을 나누었으며, 단어 몇을 문맥상 의미 변동 없이 바꾸었고, 단지 388쪽에 다음 구절 첨가. "*메이플라워 아파트를 나서면/ 거기가 BUS STOP/ 쓰레기통 하나/ 몸통에 써놓은 표어/

		만나면 버럭/ Don't be a litter bug./ 「아이오와 강가에서 · 2」"
7. 409~511 (총 103쪽)	1. 409~419	오선 시티로 가는 여행길, 아버지가 우회적으로 타진하는 안전하고 안정적인 미국 안주에 대하여 갈등한다.
	2. 419~425	아버지와 함께 대서양 물가에 앉아서 H, W, K(고산) 때의 일을 회상하다. 미국에 주저앉는 것에 대한 아쉬움이 밀려온다.
	3. 425~435	신문에서 장개석 사망 소식을 읽고 어린 시절에 들었던 그를 떠올린다. 인간 속성에 대한 상념.
	4. 435~442	주은래와 모택동에 대한 자신의 생각.
	5. 442~450	솔제니친과 프랑코에 대한 느낌, 워싱턴포스트 신문에 대한 감상.
	6. 450~458	닉슨의 사임 회견을 보고, 미국이라는 새로운 로마에 대하여 상념.
	7. 458~486	정기간행물 정리 창고에서 일을 한다. 『자본론』을 읽고, 『태풍』 창작과 『광장』 개작에 대한 동기와 과정을 설명한다.
	8. 487~496	덴버 부근 로키 산맥 초입 마을에 자리한 폐광에 동생네가 작은 식당을 낸다. 그곳을 따라간 작가.
	9. 496~500	덴버에 다녀오는 길에 구토를 느끼다. W시에서 LST를 타고 남으로 내려오던 때의 멀미와, 중학 시절 자아비판회를 마치고 집으로 돌아오다 길옆에다 토한 일이 떠오른다. '그동안 내가 어딘가 가 있다가 돌아온 것처럼

		내가 비어있던 시간의 끝에 서 있다는 것만 뚜렷하였다.'
	10. 500~504	덴버 생활을 접고 버지니아로 다시 돌아와 그 전의 일상으로 돌아오다. 아버지가 갑자기 복통이 나서 응급실에 갔으며 결국 둘째 동생이 결석을 발견해서 일단락되었으나, 병원에 누워있는 아버지를 보고 '지금 이 현장이 모두 나에게 책임이 있다는 생각이 들었다.'
	11. 504~511	우연히 구입한 도지道誌 책에서 장수와 용마 이야기를 읽고 충격에 휩싸인다. 희곡 『옛날 옛적에 휘어이 휘이』를 하룻밤 만에 쓰고 한국으로 돌아올 결심을 하다.

[표 4]

『화두2』(숫자는 텍스트 표기 쪽의 숫자)		
단원 (작가 구분)	단락 (행간 구분)	간략한 내용
1. 9~98 (총 90쪽)	1. 9~ 11	1989년 초여름의 어느 날 아침, 잠에서 깨어 집을 나선다. 시작 부분이 『소설가 구보 씨의 일일』, 「제1장 느릅나무가 있는 風景」, 7~8쪽까지와 거의 동일. 단지 '1969년이 다 가는, 동짓달 그믐께를 며칠 앞둔 어느 날 아침, 소설가 구보 씨는 잠에서 깼다.'가 '1989년 초여름의 어느 날 아침, 나는 잠에서 깨었다.'로 바뀌고, 다음 쪽에서 '그는 침대 머리에 붙은 시렁 위에서 청자갑을 집어서 한 대를 피워 물었다.'가 '하이

		든의 「시계」가 들려온다.'로 바뀐다.
	2. 11~44	대학으로 출근, 강의와 회의.
	3. 44~61	이용악, 박태원, 이태준의 문학에 대한 상념. '예술은 슬픔이 아니라 묘사와 감상의 기쁨이며, 고통이 아니라 고통을 푸념하는 표현의 기쁨이다.'
	4. 61~98	1980년 상황, 이태준의 「해방 전후」를 통한 해방 후 남한 공간에 대한 이해, 당시 자신의 기억—자아비판회, 고교 1학년 문학시간, 자신이 쓴 조명희의 「낙동강」 독후감이 또 하나의 소설이 되었다고 칭찬받는다.
2. 99~104 (총 6쪽)	1. 99~104	취학 전, 문자 해득 전, 기억 5가지 — '나의 의식의 흐름은 가는 데마다 발생론發生論이라는 물길을 만난다.'
3. 105~129 (총 25쪽)	1. 105~129	서울 삼선교 부근 옛 제자가 안내해주는 대로 상허 이태준의 옛집을 찾아본다.
4. 130~155 (총 26쪽)	1. 130~155	퇴근길 버스, 어렸을 적 처음 본 영화 「서유기」를 비롯한 두 편에 대한 기억, 어머니와 할머니가 순대를 만들던 기억, 기억에 대한 믿음, 부산 피난 시절 동창 친구에 대한 기억, 다니던 절과 스님에 대한 기억, 어렸을 때 따라가 본 절과 비판회 기억. [최인훈, 최인훈전집 3, 『서유기』, 문학과지성사, 2008, 325~330쪽]과 동일한 부분을 옮겨 적음.

5. 156~181 (총 26쪽)	1. 156~181	전 독일 수상 빌리 브란트의 한국방문 대담을 접한다. 식민지를 바탕으로 하는 서구 자본주의 발달사, 공산주의 발생사, 한반도에서의 과정, 소련의 개혁, 통일을 위한 독일의 노력, 그 가운데 미국의 용병 구실만 해온 남한, 그곳에 살아야 하는 예술가란 무엇인가에 대하여 상념.
6. 182~266 (총 85쪽)	1. 182~189	친구에게 전화가 걸려와 현상 소설 심사를 위하여 의정부 북쪽 어느 곳으로 가는 여정과 그곳에 대한 기억.
	2. 189~191	목적지 호텔에 도착하여 그 부근 풍광과 함께 추어탕 집에 도착.
	3. 191~201	『회색인』과 『서유기』를 쓰던 때를 회상, 호텔로 돌아와 심사할 소설을 읽는다.
	4. 201~211	저녁을 먹기 위해 순두부집에 들러 막걸리를 마시며 친구와 대화, 문학하는 환경에 대하여 생각.
	5. 211~211	1957년 용산역에서 논산 훈련소로 가는 기차 안.
	6. 212~238	논산 훈련소의 야만과 대구 부관학교, 주말 휴가 때의 서울행, 동대문 부근의 고서점을 둘러보며 상념.
	7. 238~253	대구 부관학교를 마치고 자대에 배치되어 근무, 통역장교 시험을 보고 포천으로 근무지를 옮긴다.
	8. 254~266	이틀날 점심을 먹고 예전 근무하던 부대

		를 찾았으나 흔적조차 없다. 다시 호텔로 걸어서 돌아온다.
7. 267~268 (총 2쪽)	1. 267~268	1989년 1월 부시 취임, 11월 9일 베를린 장벽 무너지다.
8. 269~300 (총 32쪽)	1. 269~270	1937년 조명희가 간첩 혐의로 스탈린에 의하여 총살당하다. 1956년 명예 회복되었고, 1989년 1월 타슈켄트 시 문학박물관에 조명희 기념실이 마련된다.
	2. 271~295	1930년대 소련의 스탈린이 행한 대 숙청 ―모스끄바 재판에 대하여, 조명희의 소련 행, 자신이 H에서 W로 옮겨가 얻은 죄의식은 신념의 부족이라는 성찰 등.
	3. 295~296	1990년 9월 13일, 타쉬켄트 특파원 보도로, 포석의 딸 조선아 소식.
	4. 296~300	1991년 12월 16일 SBS TV는 '카레이츠의 딸'이라는 제목으로 조명희의 딸 조선아 씨가 아버지의 최후의 현장들을 찾는 장면을 방영.
9. 301~374 (총 74쪽)	134개 별표[*;asterisk]로 구분.	한 제국의 멸망을 목격한다는 일을 겪었으므로 앞뒤 인상을 적어두기로 한다. 소련의 붕괴과정, 고르바초프에 대한 실망, 유학 간 제자의 편지(조명희에 관한 문서를 부탁한 것), 박태원의 「금은탑」에 대한 단상, 소련 붕괴의 원인 요약.
	1. 375~403	1992년 가을 작가들의 러시아 여행에 동

		참하여 출발하는 과정.
	2. 403~409	모스크바 도착, 그루지아 식당 저녁식사.
	3. 409~417	호텔로 돌아와 동료 소설가와 몇 마디를 나누고 창밖 경치를 본다.
	4. 417~422	붉은 광장에 있는 레닌 묘 방문.
	5. 422~425	모스크바 '평양식당'에서 점심식사.
	6. 425~440	톨스토이 기념관, 푸쉬킨 박물관 방문.
	7. 440~443	모스크바 대학과 바자르 방문.
	8. 443~449	레닌그라드 역, 레닌그라드 행 열차 안.
10. 375~580 (총 206쪽)	9. 449~463	레닌그라드 도착, 호텔 투숙과 동궁(미술관), 오페라 「리골레토」 관람.
	10. 463~471	도스또예브스끼 기념관, 오로라호 방문.
	11. 471~481	푸쉬킨 시, 블라디미르 학생 가이드.
	12. 481~501	도스또예브스끼와 차이코브스끼의 무덤이 있는 네프스끼 사원 묘지, 레닌그라드의 모스크바 역에서 다시 열차에 오르다.
	13. 501~512	모스크바 근교 인근 도시 성당 방문.
	14. 512~518	모스크바 시장 골목 방문.
	15. 519~526	제자 K양이 구해온 포석 조명회에 대한 관련 서류를 건네받다.
	16. 526~552	조명회 관련 서류내용, 러시아 알파벳인

		а б в г д е ё ж з и й к л м н о п р с т 등 20개 파트로 구분. 조명희 관련 문서에서 나온 자료인지 작가의 추리인지 분명히 알 수는 없으나, 혁명에 관한 상념.
	17. 553~554	러시아 여행의 마지막 날, K양과 K부인과 점심식사를 하다.
	18. 554~566	고골리와 체홉의 무덤이 있는 노보제비치 사원 방문. 어제 읽은 연설문을 상기하다. 굼 백화점 방문.
	19. 566~569	몇 가지 선물 구입.
	20. 569~578	인터내셔널 호텔 아케이드에서 도자기로 된 마뜨료쉬까 인형을 보면서 기억이란 것에 대한 상념.
	21. 578~580	돌아오는 비행기 안. 레닌 말년에 관한 기사에 대한 단상.
11. 581~586 (총 6쪽)	1. 581~586	한국 집으로 돌아와 아버지 전화를 받고 러시아 여행에 관련한 서류를 둘러본다. "나 자신의 주인일 수 있을 때 써둬야지. 아니 주인이 되기 위해 써야 한다. 기억의 밀림 속에 옳은 맥락을 찾아내어 그 맥락이 기억들 사이에 옳은 연대를 만들어내게 함으로써만 나는 나 자신의 주인이 될 수 있겠다. 그 맥락, 그것이 '나'다. 주인이 된 나다." '이 소설은 어느 가을밤에 그렇게 시작되었다.'

다.『화두』의 불교적 요소

이 소설의 불교적 성격은 이미『화두』라는 제목 아래 명확히 드러내고 있다. 작가 스스로 자신이 살아온 일생을 문학이라는 '화두'에 몸을 묶고 헤쳐 온 항해라고 이미 밝혔기 때문이다. 따라서 소설은 작가의 개인적 삶이 투영된 20세기에 대한 이야기를 근간으로 그 전前 세기와 뒤를 이을 미래에 대한 전망까지 아우르는 민족사와 인류 문명사에 대한 '기억의 기록'119)이다.

작가는 자기 존재와 삶이 고뇌와 고통의 바다에 내던져있다는 인식을 극복하기 위해 자신이 할 수 있는 유일한 방편인 글쓰기에 몰두한다. 그의 글쓰기란 기억의 축적이고 기억의 재현이다. 기억을 남기기 위해서 또한 기억으로 존재하기 위해서 글을 쓴다는 것은, 그에게 있어 고해를 건너 저 언덕에 다다르려는 도피안到彼岸을 지향하는 것이다. 이는 화두를 풀어내기 위하여 일생을 견지한다는 것이며, 이른바 불교적 수행의 요체이다. 자신의 화두를 풀기 위한 글쓰기―『화두』는 그래서 작가의 주체적인 수행이라는 것으로부터 시작하여, 한국인 모두, 나아가 인류

---

119)『화두』에서 최인훈이 바로 이와 같은 기억의 문제를 다루면서 꼼꼼히 찾고자 했던 것은 무엇일까? 그는 베르그송이나 프루스트처럼, 우리의 과거가 우리의 현재에 접목되어서 변화의 계속성을 이루고 우리의 현재적 모습을 형성하는 것이라고 믿는다. 그러한 기억이 중요한 것은 단순히 우리의 정체성을 인식하는 데 도움이 된다는 이유에서뿐 아니라 우리와 삶과 세계를 바르게 이해하고, 자아와 세계와의 참된 긴장관계를 맺으면서 끊임없이 의식을 새롭게 태어나도록 해야 한다는 작가적 신념과 필요성 때문이다.『화두』는 그런 점에서 기억의 내용을 보여주려는 데 중점을 둔 것이라기보다는 기억하는 방법이나 기억의 논리 혹은 기억하는 일의 의미를 탐색하는 데 더 가치를 부여한 것처럼 보인다. 최인훈, 최인훈전집 15,『화두 2』, 오생근,「『화두』와 기억의 소설적 형식」(1994), 문학과지성사, 2008, 600~601쪽.

전체에게도 하나의 화두를 제시하고 그것을 풀어나갈 수행에 대해서 이야기하는 소설이다.[120]

소설의 성격상, 즉 시기별로 구분지은 시간대를 다시 뒤섞어 회상하면서 그 기억과 연관된 사색과 변설을 그 때마다 이어가는 형태이기 때문에, 『화두』에서는 일관적인 몇몇 동기라든가 저변을 떠받치는 개괄적인 주제라든가 일목요연한 플롯은 알아보기가 거의 불가능하거나 무의미하다. 그러나 앞서 언급했듯 『화두』는 작가 자신의 일대기에 대한 기억의 기록, 즉 작가 생애와 창작활동의 재현이므로 앞서 살펴본 소설들에서 알아보았던 불교적 요소나 정서가 역시 이 소설에서도 반복적으로 등장한다는 것은 당연한 현상이다.

작가의 기억이 서서히 혹은 불현듯 떠오르는 대로, 또한 그 기억의 더께에 얹힌 상념이 피어오르는 대로 따라가면서, 몇몇 불교적 요소들을 인지하는 것으로 『화두』의 불교적 성격을 이해하고자 한다.

---

120) "너 자신의 주인이 돼라"는 최인훈의 경구는 우선은 그 자신을 향한 것이지만, 식민 통치와 분단과 외세와 전쟁과 궁핍의 역사를 이끌면서 그 자신과 함께 우리 모두의 생애를 규정해온 우리 민족 전체를 향한 것이기도 하며, 세계사적인 재편성을 진행시키고 있는 혼돈 속에서 그에 합당할 위상을 찾아야 할 우리의 국가적 선택을 위한 것이기도 하고 그래서 그것은, 이 여러 층위에서, 우리가 진지하게 받아들여야 할 명제가 된다. 최인훈, 최인훈전집 14, 『화두 1』, 김병익, 「'남북조 시대 작가'의 의식의 자서전」, 문학과지성사, 2008, 531~533쪽.
『화두』는 문학을 통한 주체 되기라는 그의 평생의 신념이 집약된 최인훈 문학의 결정판이다. 예술가 소설이자 교양소설인 이 작품에서 조명희의 『낙동강』을 읽고 작가의 꿈을 지니게 된 소년의 에피소드는 인류 문명의 유전정보 전체를 공명시키고 상기하게 하는 작은 단서가 된다. 『화두』를 통해서 최인훈이라는 개인의 고유한 체험, 좀 더 크게는 분단 속의 근대화라는 한민족의 특수한 경험은 문명사적 보편성을 획득하고, 한국 문학은 세계문학사적 의의를 지니는 한 편의 장편소설을 가지게 되었다. 최인훈, 『문학과 이데올로기』, 김태환, 「문학은 어떤 일을 하는가, 최인훈의 문학」, 문학과지성사, 2009, 545쪽.

첫째, 고해의식苦海意識과 자기성찰自己省察.

　탄생과 성장을 반추하는 기억에서는 단계적으로 일어난 여러 피난
으로부터 싹튼 고해의식을 역시 발견할 수밖에 없다.
　작가에게는 기억할 수 있는 어린 시절부터 변화무쌍한 '바깥세상'과
항상 여전한 '책 속의 세상', '그래서 두 세상―과거와 현재는 공존하고
있었다.'[121] 두 가지 세상 사이를 왕복하며 세상을 인식했던 작가는 광
복 후 공산정권으로 인하여 가업이 무너져 W(원산)시로 이주한 그때
부터 또한 자아비판회를 당한 뒤부터는, 현실을 회피하기 위하여 더욱
본격적으로 그의 운명적 관념성을 배태해준 책으로 도피하고, 오히려
그 속에서 현실을 알아본다.
　가령 아버지가 일하는 곳에서 아버지를 만나자 자신이 학교에서 당
했던 '자아비판회'는 일제 때 아버지의 성분 때문이었다고 직감하며,
도서관에서 읽은 '『쿠오 바디스』 안에는 앞날에 그가 들어서야 할 모

---

121) 세상이 달라진 일하고는 아무 상관없이 거기에는 여전히 세계 여러 나라의 아
　이와 어른들이 마귀할멈에게 쫓기고, 무인도에 표류하며, 무쇠탈을 쓰고 수십
　년씩 감옥에 갇혀 있고, 친구들한테 배신당해 결혼잔치 마당에서 체포되어 갇
　혔던 감옥을 빠져나온 창백한 얼굴의 남자가 배신자들을 하나하나 처단하고
　있었고, 시골 청년이 서울에 와서 총사(銃士)가 되어 여왕의 편지 심부름을 하
　는 모험이 있었으며, 나쁜 형사에게 쫓기는 좋은 탈옥수가 하수도의 미궁 속
　을 헤매고 있었다. 지금껏 읽어왔고, 가지고 있고, 빌려보고 있는 책 속의 세상
　과 바깥세상은 나에게는 아무 문제없이 함께 살고 있었다. 바깥세상에 무슨
　변화가 있으면 그 순간에 책의 글자들이 한꺼번에 '헤쳐모여'를 해서 그 두 가
　지 세상 사이에서 모순이 즉시 해결되는 식으로 이 세상이 꾸며져 있다면 그
　것이야말로 큰 문명 상태에 있는 것이다. 그런 문명에서 아득히 먼 시대에 살
　고 있는 소년에게는 그래서 여전히 초기 문명의 이 모순된 형식 밖에 주어지
　지 않았고 그래서 두 세상―과거와 현재는 공존하고 있었다. 최인훈, 최인훈
　전집 14, 『화두 1』, 문학과지성사, 2008, 30쪽.

든 주제들이 들어 있었다.'122) 한층 나아가서, "소설의 세계는 여전히 나에게는 '현실의 거울'이 아니라, 현실에서 왔거나 말거나 말의 힘만으로 홀연히 있게 되는 '그 자신으로서의 현실'이었고 그렇게 길든 독서 방식은 여전히 나를 이끌었다."123)

이렇듯 책 속의 세계는 오히려 실체감을 유지하고 있으나 현실에서는 비참한 상황인식이 깊어간다. 가장 심각하게 체감한 현실은 자신의 신분과 인격에 대한 모멸감이다. 그 모멸감이란 스스로를 '노예'라고 주저 없이 지칭하는 것으로 나타나며, 아무리 자존自尊을 세운다 해도 '노예철학자' 정도의 수준을 넘을 수가 없다.

> 마흔 살 고개를 넘기기까지 이처럼 정신없이 살아온 따라지 반평생이었다. 이야기를 '예술적'으로 꾸며낸다는 그 계면쩍고 이상한 길에 그만 들어서보니 모르는 인생을 더욱 모르게 스스로 헝클어뜨렸고 눈앞에 이치가 환해야만 할 아수라 아귀다툼 터를 보면서도 '행동과 의식'이니 '역사와 인생'이니 '공시적과 통시적'이니 '전체와 부분'이니 '주관과 객관'이니 '사실과 상징'이니 하면서 세상은 더 어려워만 보인다. 그런 세월을 나는 살았다. 소나무 숲의 송충이처럼 독 묻은 솔잎일망정 갉아먹을 내 처지는 그런 나라 그런 사회의, 그런 나날이었다. 아이오와에 오기까지 나는 내 머리로 생각할 만한 일, 상상할 만한 일은 모두 작품으로 써봤다. 그것들이 정신적인 의미에서 나의 초상이었다. 그 초상이 정신적으로 무슨 의미를 지녔건 살아 있는 육신인 나는 대한민국이라는 나라를 가로챈 폭도들이 발행한 여권에 적힌 대로의 의미밖에는 없는 그들의 피통치인―노예였다. (……) 나는 전에 국민학교 시절에 읽은 『쿠오 바디스』 속의 그 노예철학자를 가끔 생각한다. (……) 신분은 노예면서, 어쨌든 '철학자'일 수도 있다는 이 모순. 인간만이 겪는 이 분열. 소설 속의 인물일 뿐이었던 그 인물이 몸으로

---

122) 최인훈, 앞의 책, 60쪽.
123) 최인훈, 앞의 책, 83쪽.

곧바로 와닿아 내가 되는 느낌이다. 나는 그에게 씌운다. 그는 내가 된
다. 나는 그다.[124]

　그 속에서 살던 때는 더럽혀진 공기를 마시면서 태연히 살던 생활
이었다. 아니, 그렇게 말하면 표현이 너무 약하다. 노예선 밑창에서 노
를 젓는 노예들. 거기서 태어나서 거기서 나이 먹은 노예들. 갑판에조
차 올라가보지 못한 노예들은 그 고통이 즉 인생이라고 몸이 체념하
고 살아간다. 그런데 어쩌다 이 사슬에서 풀려 자기 있던 자리를 바라
보게 된 노예가 나였다. (……) 도망해온 변방 나라의 노예철학자, 그
가 나였다. 그 노예가 귀향을 단념하고 로마의 영주권을 얻는 일이 지
금 현실적으로 나의 문제가 되고 있는 것이었다. 거기서 영원히 해방
될 가능성이 있다는 입장에서 바라보는 눈에 비치는 본국의 모습은
그 속에서 보고 느낄 때와는 다른 조명과 윤곽을 나타낸다. 사실이 사
실대로 보였다. 끔찍한 일이 더욱 끔찍하게 보였다.[125]

　'나'는 노예다, 나아가 단순한 노예라기보다도 다른 노예들 보다 무
언가 조금 더 '앎'으로 인해 더욱 고통스럽고 수치스러운 '노예철학자'
이다. '책의 글자들'이 이루고 있던 관념 속에서만 살았기 때문에 현실
에서는 무기력할 수밖에 없었던 자신은, 한술 더 떠서, '아수라 아귀다
툼 터'를 바라보며 '송충이처럼 독 묻은 솔잎을 갉아먹을 처지'에 빠진
'피통치인'—'노예였다'는 독백이자 자백이다. 그가 생각하는 자신이
겪어온 고해에 대한 관념적이고 상징적인 표현이다.
　그러면서 어쩌다 사슬이 풀려 자기 있던 자리를 바라보자, 노예이면
서 어쨌든 철학자일 수도 있다는 모순을 감득할 수밖에 없기도 하다. 그
래서 보통 노예 가운데에서는 조금 더 보고 더 알았던 입장에서, 또한
로마의 영주권으로 본국에서 영원히 해방될 가능성이 있다는 입장에

---

124) 최인훈, 앞의 책, 370~371쪽.
125) 최인훈, 앞의 책, 413쪽.

서, 다시 바라보는 본국의 모습은 '끔찍한 일이 더욱 끔찍하게 보인다.'

인생이 고해에 처해 있다는 것을 인지하였으면서도 자기와 타인들을 위해서는 무기력할 수밖에 없었던 자신에 대한 자조와 자괴의 변辯이다. 그러나 그것을 냉소적이라고 치부하기보다는 존재의 최하위까지 내려가서 자신을 돌아보는 자기성찰이라고 인정해야 할 것이다.

수행의 가장 기초적인 바탕과 출발은 자기성찰이다. 대개 성찰은 허위를 벗겨낸 진실을 사실 그대로로 볼 수 있게 해주며, 그것이 그렇다고 통렬히 자인할 때, 그 진실의 조각난 부분들을 봉합하거나 더러운 얼룩들을 벗겨낼 수행의 노력을 경주傾注할 수 있기 때문이다.

자신과 한국인이 처한 고해에 대한 인식은 자기성찰을 낳았지만, 그렇다고 세상이 고해에서 벗어나는 것은 아니다. 그렇기에 세상은 여전히 '문 밖이 지옥이고' '산다는 게 칠성판 지고 헤엄치기'라는 것. 살면서 맞닥뜨릴 수밖에 없는 공포 가득한 인생은, '눈을 감을 수 없이 바라보아야 하는 지옥을 보고 칠성판을 등에 느껴야 할 때를 만나며', 이때 '눈을 감지 않고 배긴 사람은 한 사람도 없다'고 항변한다.126)

결국, 삶이란 고해일 뿐이라고 인식하고 그로부터 처절하고 철저한 자기성찰을 거친 작가는, 자신을 포함한 한국인이 처한 상황과 일종의 그 해결 가능성을 요약한다.

> 어쩌면 이 고장 사람들도 피난민이었기 때문인지도 모른다. 어디서 온? 고향에서 고향에 피난한 피난민. 무슨 말인가? (……) 일청(日淸)·일러전(日露戰)의 피난민. 왕조에서의 피난민. 그동안 바뀐 숱한 수용소 당국자들. 왕조의 깨끗한 양반 관료보다도 못한 대민 의식. 자국민

126) 최인훈, 앞의 책, 301쪽.

이 아니니 적성(敵性) 난민으로 통치하던 일제. 피난민 자치회보다 못해온 역대 정부.127)

정치가 경세제민을 목적으로 하는 하위 인간학이라면, 몰락한 왕조와 열강들이 모두 관여한 외세, 일제 강점과 신탁통치, 독재와 혁명과 쿠데타와… 등, 혼돈에 혼란을 거듭해온 한국근현대사에서는 그 정치가 조악했다기보다 거의 실종에 가까웠다. 그렇기 때문에 인간성의 탐구와 계발을 목적으로 하는 형이상학적 인간학인 문학에 투신한 작가도 그 하위 구조 인간학의 부실과 공백으로 건실한 삶과 창작을 이루어내기가 대단히 험난하였다. 뿐만 아니라, 현실적으로 작가 자신은 결코 고향에 갈 수 없는 실향민이지만 다른 한국인들이 처한 사정도 별로 다를 바 없는 피난민이라는 의식은 그래서 공감을 얻는다.

그래서 '산다는 것은 아픈 일'일 따름이며, 그런 아픔을 간직한 사람들끼리 '힘을 모아' '나은 세상'을 위하여 '나름의 노력'을 매진하자고 다짐한다. 이런 노력은 결국 인간이 자발적으로 행할 수 있는 '창조적 자유'에서 비롯하는 것이다. 이 인간적인 창조적 자유는 자비심을 바탕으로 하는 보살행의 가장 핵심이고 도피안到彼岸을 위한 기본적인 의지가 아닐 수 없다.

> 산다는 것은 아픈 일이다. 살아보면 아는 일이다. 힘을 모아 서로, 아픔을 되도록 덜면서 살자는 것. 자식들에게 제발 좀더 나은 세상을 물려주는 일을 위해 이 땅의 원주민인 우리는 제 나름의 노력을 할 수 있는 창조적 자유를 가진다.128)

---

127) 최인훈, 최인훈전집 11,『유토피아의 꿈』,「정당이라는 극단」, 82쪽.
128) 최인훈, 앞의 책,「아메리카」, 198쪽. 이 부분은『화두 1』의 385쪽에도 동일한 문단이 실려 있다.

둘째, 인도印度와 불교

인도를 직접 방문하고 돌아온 작가는 자신이 '예전에 우리나라 불교에 연결시켜 머릿속에 형성되었던 인도'와 실제로 경험한 '진짜 인도'는, '아주 극단적으로 반대편에 있는 것'이라고 생각한다. 불교에서 강조하는 '비움' '없음'이 아니라 '가득 참' '있음'의 나라라는 것이다.

무엇보다 자연의 모습에서, 언제나 빛과 꽃이 있는 사철 생명이 멎을 줄 모르는 네 계절이 모두 가득 찬 나라라고 본다. 더구나 왕들과 영주들의 성은 한국과는 그 규모가 다른데, 예컨대 '타지마할'이라는 대리석 궁전의 호사와 사치로 판단하면 '그 시절 인민의 괴로움이 어떠했을까 짐작하게' 할 정도이다. 이렇게 미루어보면 '불교는 자연과 특권의 가득함에서 물러서라는 권고'라고까지 생각이 미친다. 또한 '가난한 사람들에게는 찌는 듯한 더위를 가릴 대리석 궁전은 없었기 때문에 자기 마음에 궁전을 짓기를 권할 수밖에 없었다. 현실을 지워버리고 마음에 그 빈자리를 가득 채우라는 말이' '비움'의 뜻이 아니었을까 하고 생각해본다. 왜냐하면 가져보지 않은 사람들에게는 무엇을 비워야 할지 막연하며, 가난한 사람만이 환상에 취하기 때문이다.

불교가 한편으로 비우라면서 한편으로 풍요를 약속하는 방식은 듣는 사람의 신분을 참작하면 어느 말이 누구를 향한 것인지 짐작이 가는바, 비움은 있는 자에게, 풍요는 없는 자에게 향한 것이 아닐지.

그러나 이것도 인도, 하면 불교를 연상하는 한국 사람의 입장에서 그렇게 말하는 것일 뿐, 인도에서 불교는 그저 유적으로 남아 있을 뿐이고 인도 사람이 믿는 종교는 힌두교라는 것이 현재의 상황이다. 힌두교에는 '비움'도 '없음'도 없어 보이고 그것은 여전히 '가득함'과 '있음'의 세계라고 생각한다.[129]

---

129) 최인훈, 최인훈전집 14,『화두 1』, 문학과지성사, 2008, 187~188쪽.

셋째, 육화된 불교전통—스님과 절[사찰寺刹]

불교의 수행자를 '스님'이라 부르는데, 작가는 그 스님들이 속인들에게 해줄 수 있는 것이 무엇인가를 여러 가지로 그려본다. 보통 스승들은 지식이나 인품을 보여주는데 스님들도 그가 불교에 대해 닦은 지식이라는 측면만으로 본다면 일반 스승들과 공통적이다. 그러나 스님을 존경해 부르기를 선지식善知識이라고 한다. 물론 여기서 그 '지식'이라는 말은 이미 불교 특유의 문맥에서는 단순한 지식이라고 여기지 않으며 그 이상의 가르침이 있을 것으로 생각한다.

괴로움에서 벗어나자는 것은 산 사람 하나를 편안하게 하는 구체적 사건 하나를 이루자는 것이지, 무슨 연구처럼 대를 이으면서 지식을 걸어모으자거나, 체계를 완성해간다거나 하는 활동과는 다르기 때문에, 승려의 인품이 그대로 약이 될 수도 있다. 그래서 스님들의 인품은 '살아있는 가르침'이기를 기대한다. '지금, 여기, 당장 괴로운 마음의 불이 꺼지느냐, 마느냐, 발등에 떨어진 불이 아니라, 마음에 지핀 불을 꺼달라는 것이고, 도움을 주고 못 주는 일'이 문제가 될 때 그 인품에 기대고 싶은 것이다.

여기까지가 일반적으로 스님들에게 기대하는 바이지만, '그래도 한 가지쯤 더, 스님에게 바라고, 스님들도 베풀어야 하려니 생각할 만한 한 가지가 더 있지 않을까' 하는 바람을 갖는다. 그것은 "소식消息이라고나 말해볼까. 객관적 지식도 아니고, 스님 자신의 인품도 아니고, 그런 것을 거칠 수밖에 없지만 그 너머에서 전달돼오는 '숨결'이다. 한 바퀴 돌아 제자리에 오는 그런 탑돌이의 소식. 그런 것이 있을 듯하여 헤매던 시절의 그 스님. 생각에 지친 마음이 찾아가는 쉼터."라고 생각해본다.130)

---

130) 최인훈, 최인훈전집 15, 『화두 2』, 문학과지성사, 2008, 142~143쪽.

H에서 살 때, 우리 할머니가 절에 다니시는 분이어서 몇 번 따라간 일이 있다. 역 광장을 지나서 철로를 옆으로 낀 길을 걸어가노라면 큰 다리가 나온다. 그 다리를 건너고도 한참을 가다가 거기서부터는 산길을 올라가서 백천사(白泉寺)라는 절이 있다. (……) 부처님은 대웅전에 계시고, 칠성님은 칠성당에 계시고, 하얀 밥에 나물 반찬이 맛있고, 할머니며 아주머니들이 집에서보다 더 상냥해 보이고, 점잖은 스님들이 뜰을 오가는 그 세계는 정말 의젓해 보였는데. 세상은 든든하고 모두 있을 만해서 있었고 이 모든 일을 어른들이 다 경영하고 있었다. 세상이란 깊고 깊은 것이고 든든하고 든든한 것이며 아주 정갈한 것이기도 하다는 실감은 거기서 아마 절정이 아니었나 싶다. 그리고 마지막이기도 했다. 얼마 후면 그곳이 주는 인상과 정반대의 곳이 이 세상이고, 자기와 세상이 각기 제 몸뚱아리와 삭막한 물질 한 꺼풀밖에는 없는 극장 무대 같은 것에 지나지 않는다고 느끼는 세월이 바로 앞에 닥쳐와 있는 줄은 모르는 사람들이 있는 장면이다. (……) 그 밤의 비판회에서 이 절간 얘기까지 나왔었지. 종교가 무엇이냐구, 집에서 믿는. 그때 나는 할 말이 없었다. 산속이 조용했다는 말도 스님들이 점잖았다는 말도 하지 않았다. 그저 절에 따라가 본 일이 있다고만 말했다. 할머니의 소일거리였기 때문에 나는 사실대로 말한 것이었다. 달리 할 말이 없었다. 산속이 조용했다는 것이 무슨 보고해야 할 일이었겠는가?[131]

소설에서 편안함을 전해주던 어떤 스님의 이야기를 하던 끝에 이어져 나오는 어린 시절 기억의 한 편린이다. 세상에 대하여 긍정적 신뢰를 한없이 지녔던 마지막 시절이었다는 것, 정작 자기가 겪어내야 했던 나머지 세월은 '정반대의 곳'에 있었다는 서글픔. 기억할 수 있는 어린 시절, '할머니의 소일거리'인 산사를 찾는 일상이 오랫동안 면면히 내려온 전통의 한 단면이라면, 그 다음 겪었던 시절은 그것을 상실해버린 세계였고 그 상실로 인하여 소통조차 불가능한 세상이었다.

---

131) 최인훈, 앞의 책, 143~146쪽.

'깊고 깊은 것이고 든든하고 든든한 것이며 아주 정갈한 것'인 전통을 잃어버리자, '자기와 세상이 각기 제 몸뚱아리와 삭막한 물질 한 꺼풀밖에는 없는 극장무대 같은 것'뿐인 현실만이 닥쳐왔다는 처절한 느낌. 산속 절은 조용했고 스님들이 점잖았다는 것은 그의 나머지 삶에서 다시 찾을 수 없었던 '깊고 든든한' 그 무엇이었다. 전통이란, 몸속 구석구석 곳곳에, 또한 기억을 저장하는 정신 깊숙한 곳에, 스며들어 녹아서 각인된 그 어떤 것인데, 그것을 말해봐야 이해를 얻을 수 없는 세상에서는 '달리 할 말이 없었다.'

　소설의 화자인 '나', 작가에게 불교란 그런 한 가닥으로 육화된 전통이다.

5. 중 · 단편소설

최인훈의 장편소설은 『회색인』, 『서유기』, 『소설가 구보 씨의 일일』, 『태풍』, 『화두1 · 2』 정도로 분류할 수 있다. 그 중 단행본(1과 2, 총 두 권)으로 바로 내놓은 작품은 『화두1 · 2』가 처음이었고, 그 이전 장편소설들은 모두 문학지나 종합잡지에 연재나 연작 형태로 발표했다가 차후에 취합하여 단행본으로 간행한 것들이다.[132] 작가 스스로 밝히기를, 자신을 포함한 당시 한국소설가들이 대체로 단편소설에서 시작하여 장편소설로 옮겨가는 과정을 밟았던 가장 주요한 까닭은 소설발표를 위한 지면의 확보가 어려웠기 때문이었다고 지적한다.

등단작 단편소설 「그레이Grey 구락부 전말기」(『자유문학』, 1959년 10월), 중편소설 『광장』(『새벽』, 1960년 11월)을 비롯한 대부분의 중 · 단편소설은 1970년 이전에 발표한 것들이다. 장편소설 『소설가 구보 씨의 일일』은 15개 단원으로, 중편소설 분량인 『크리스마스 캐럴』(5개 단원)과 『총독의 소리』(4개 단원) 역시 여러 단원으로 나누어 각종 지면에 별도로 발표한다. 소설발표 초기에 각별히 중편과 단편이 다

---

132) 『회색인』(『세대』, 1963년 6월부터 1964년 6월까지 연재), 『서유기』(『문학』, 1966년 6월부터 연재), 『소설가 구보 씨의 일일』(『월간중앙』, 1969년 12월부터 발표 시작), 『태풍』(『중앙일보』 1973년부터 발표 시작), 『화두1 · 2』(1994년 민음사 간행)

수를 차지했던 것은 당시 한국 문학계의 현실상황이 초래한 불가피한 것이었다고 볼 수 있다.

중단편소설들을 주로 초기에133) 창작하였다는 것을 염두에 두고 재고해보면, 그 작품들의 밑바탕을 흐르는 주조主調는 앞서 살펴보았던 전쟁 때문에 일어난 피난과 분단이 초래한 실향으로 인한 고해의식이다. 청소년 시절에 일제강점과 공산사회를 통감하고 전장戰場을 피해 월남한 그로서는 이런 정신세계가 당연하고도 불가항력적으로 형성되었을 것이다. 남한에서 청년시절을 맞이하면서 그가 처한 고해의 형상을 구체적으로 그려보고 직면함으로, 그 고해의 진정한 실체와 근본원인을 탐구하려는 의지가 발현할 수밖에 없었다. 이것이 그가 소설쓰기를 시작한 근본 동기이며 소설 창작 활동 기간을 관통하여 유지한 일관성이었다.

한편, 그가 대면해야 했던 당시 한반도의 역사적 상황이라면, 북한에서는 광복 후 일찌감치 소련식 공산주의가 들어와 공산당 일당독재 정립에 골몰했던 반면, 남한에서는 친일세력이 잔존하여 그 위세를 키워가고 있는 한편, 신탁통치와 한국전쟁을 지나는 동안 다방면으로 유입된 서구 자본주의와 정치세력이 난립하고 있었다. 친일, 친미주의자들의 독재와 그에 반발한 학생혁명, 뒤를 이은 군사정변 등, 혼란한 정치적 변혁이 극을 달렸고, 또한 일제강점통치, 미군정과 군사정권의 작위적 문화통제로 인하여, 전통적 가치관이라는 것도 거의 상실하다시피 하여 찾아보기 어려운 지경에 처한 상태였다.

이런 시대를 관통하여 성장하고 소설가로서 자리를 잡아 가던 최인훈은, 어느 정도 섭렵한 남북한의 두 가지 이념에게서는 염증과 혐오만

---

133) 1959년부터 1970년에 이르는 시기는 작가 나이 24세에서 35세에 해당한다.

을 감득하였고 새로운 가치에 대해 갈증을 느낄 수밖에 없었다. 그 결과 그는 초기 소설들에다 새로운 소설적 시도와 새로운 방법적 갈망을 아낌없이 쏟아 붓는다. 중편소설『가면고』(『자유문학』, 1960년 7월)와 『구운몽』(『자유문학』, 1962년 4월) 그리고 단편소설「웃음소리」(『신동아』, 1966년 1월) 등에서 그 실험적인 면모를 유감없이 드러낸다.

한국역사 상 가장 혼란했던 한국현대사와 자신의 일생이 거의 겹쳐진다 할 수 있는 최인훈은 일찌감치 고해의식을 체감하였고, 한국역사에서 어떤 전환이 닥쳐왔어도 면면히 내려와 의구한 불교전통을 상기하기에 이른다. 결국 육화된 불교 전통을 향한 회심과 기대는 그가 선택한 소설쓰기라는 일생에서 수행자적 면모를 보여 왔고, 따라서 그의 소설 내부에는 불교적 지향과 염원이 곳곳에 자리하고 있음을 발견할 수 있다.

가.『가면고』 ― 불교적 구원

이 소설은『광장』(『새벽』, 1960년 11월)과 같은 해이지만 몇 달 앞서 발표되었다.[134] '빛나는 4월'[135]에 고무되어 집필한『광장』이 이념적이고 서사적이라면,『광장』보다 앞서 쓰고 발표한 이 작품에서는 다분히 개인적이고 구도求道적인 경향이 짙게 깔려있다.

주요 줄거리는 두 갈래로 나뉜다. 주인공 '민'은 '현대발레단'의 안무

---

134)『자유문학』, 1960년 7월.
135) 1960년 4월 19일 발발(勃發)한 4 · 19혁명을 지칭한다. 최인훈, 최인훈전집 1,
　　『광장』,「서문」(『새벽』, 1960년 11월), 문학과지성사, 2010, 21쪽.

사라는 직업을 갖고 있다. 군에서 전역할 때 어느 문예잡지에 실은 '무용론'이라는 글을 발레단 연출자가 읽고 제안을 해왔기 때문에 입단을 결정한 것이었다. 민은 '무용론'에서, '무용이라는 예술이, 사람의 몸이라는 원시의 수단을 가지고, 공간의 조형에다 시간까지를 포함시킨 점에 예술 활동의 이상을 느껴서, 그러한 무용의 상징성을 본으로 삼아 예술론을 펼쳤다'[136]고 말한다. 이 예술론은 최면에 의한 전생의 재현이라는 두 번째 갈래의 단서이기도 하다. '몸'이라는 원형적 실체 속에 담긴 정신이, 모종의 최면과 같은 치료에 의해 광활한 '공간'과 수천 년 '시간'을 뛰어 넘어 전생의 자기를 기억한다.

현재의 민은 길을 걷다 우연히 맞닥뜨린 'The Psychic Society'라 쓰인 문을 열고 들어간다. 그곳에서 최면과 같은 종류의 치료를 받기로 하고 현실의 의식을 잃고 또 다른 자신을 찾아간다. 최면 속에서 발견한 자신은 '삼천여 년 전 인도 북부에서 융성한 왕국 가바나迦婆那국의 왕자, 다문고多聞苦'[137]라는 것. 그리고 그 시절의 다문고로 돌아가 이야기를 풀어간다.

예술을 통해 완성된 얼굴을 찾으려는 현실의 주인공 '민'과 거짓 탈을 벗어내고 범천梵天의 완벽한 얼굴을 소유하려는 전생의 주인공인 '왕자 다문고', 한 인물 속에 공존하는 두 자아의 이야기가 번갈아 펼쳐진다.

현실의 주인공 '민'은 자기 삶이 어떤 완성을 이뤄나가기를 간절히 바라지만, 연인인 '미라'에 대한 사랑에서도, 자기가 추구하려는 예술에서도, 그런 완성이 어떤 것인지조차 몰라 음울한 심경에 싸여 있다.[138] 최면을 통해 되돌아간 민의 전생인 '왕자 다문고'도 브라마

---

136) 최인훈, 최인훈전집 6, 『크리스마스 캐럴/가면고』, 문학과지성사, 2009, 206쪽.
137) 최인훈, 앞의 책, 222쪽.
138) 마치 세계의 열쇠를 자기가 쥔 듯이 느끼는 절박감은 못난 망상이 아닌가. 내

Brahma의 얼굴이 자신의 것이 되기를 역시 갈망한다. 현실의 삶과 최면 속 전생의 삶이란 것은 소설이 품고 있는 이중 구조의 두 인격이지만, 그 두 인격이 추구하는 것은 '브라마의 얼굴'을 향한 '구도의 마魔'라는 하나의 주제이다.

현실의 주인공은 '표정과 감정 사이에 한 치의 겉돎도 없는 그런 비치는 얼굴의 소유자'139)가 되기를 갈구하고, 전생의 주인공은 '가장 낮은 것과 가장 높은 것이 합일하는 완벽한 브라마의 얼굴'140)을 욕망한다. 한 인간, 두 생生의 같은 염원이다. 현실의 민은 고민과 갈등으로 망설이고 주저하기만 거듭하지만, 최면을 통해 다시 살아보는 왕자 다문고는 그 염원을 실행에 옮겨간다.

왕자 다문고는 그 욕망을 실현하기 위해 왕자라는 신분 덕분에 누구보다 쉽게 이룰 수 있는 방법—왕국에서 가장 아름다운 여인과 '몸의 열반'을 우선적으로 겪어본다. 모두 다 갖추었다는 생각이 들었던 여인의 모습은 그가 추구하는 것에서 무언가 한 가지가 모자란 그저 '아름다운 그릇'일 뿐이었다.

가 완성을 이루든 그르치든, 저기 흘러가는 저 생활의 강물은 여전히 흐르는 것이다. 내 혼자의 초라한 초조를 무슨 사명감으로 자부하려 들면 안 돼. 내가 정말 바라는 것은 무엇일까? 그러나 한번 눈을 뜬 모나드는 마치 체념의 재무덤에서 날개를 떨며 날아오르는 불새처럼, 새로운 회의의 하늘로 솟아오르는 것이었다. 그의 마음속에서 퍼덕이는 이 마(魔)의 새는, 아류적인 체념의 잿더미에 파묻히지 않는 고집을 가진 새였다. 털끝만 한 거짓에도 날카로운 힐난의 울음을 질러대면서 몸부림치는 것이었다. 이 새의 목을 비틀어 파묻어버리려면, 얼버무리거나 속임이 아닌 그 어떤 틀림없는 것이 있어야 했다. 그것이 무엇일까. 최인훈, 앞의 책, 236쪽.
139) 최인훈, 앞의 책, 204쪽.
140) 최인훈, 앞의 책, 259쪽.

'아름다운 그릇이여.' 나는 손으로 뇌었다. 이런 아름다운 그릇은, 그러나, 손을 뻗치면 언제나 있을 수 있는 것이었다. 그러나 이것은 아니었다. 분명코 이것이 아니었다. 내가 바라던 것은 이것이 아니었고, 또 내가 바라는 것이 이것으로 이루어질 수 있는 것도 아니었다. 나의 여자의 얼굴을 위에서 똑똑히 들여다보았다. 모든 것이 다 갖추어진 얼굴이었지만 한 가지가 모자랐다. 그 한 가지가 무엇인지 나는 모른다. 사람의 얼굴을 브라마(Brahma)와 하나를 만들어주는 그 '한 가지'가 무엇인지 모르기 때문에, 가바나 성 제일의 미녀를 품에 안아도 나의 마음은 막막할 뿐이었다. 오히려 이런 아름다움에 만족하며 전쟁과 정치 속에 묻혀서 왕자답게 살 수 있기를 원했으나, 이제 와서는 벌써 내 힘으로써도 돌이킬 수 없이 마음에 파고든 구도(求道)라는 마(魔)는, 찰나의 안심도 나에게 주지 않는 것이다. 나의 소원은 브라마의 얼굴을 가지고 싶다는 것이다.[141]

스승은 왕자를 떠나면서 그 브라마의 얼굴을 '한 폭의 그림'으로 보여주며 설명해준다. '그것을 들여다본 왕자는, 숨이 막혔다. 거룩한 아름다움, 그리고 무엇보다도 그 망설임을 넘어선 표정이었다. 모든 일을 따뜻이 끌어안으면서 그 만사에서 훌훌히 떨어진 영원의 얼굴', 바로 왕자가 간구하는 그것이었다.

"모든 사람의 얼굴은, 이 참다운 얼굴을 가리고 있는 탈이오. 모든 사람의 얼굴은, 이 브라마와 꼭 같이 거룩한 얼굴을 하고 있으나, 업(業)과 무명(無明)에 가려 그 탈을 벗지 못하는 거요. 왕자, 이 일은 왕국보다도 중하오. 자기의 얼굴을 브라마의 얼굴로 만들 때까지 쉬지 마시오."
쉬지 말라 하였을 뿐, 스승은 그 얼굴을 가질 수 있는 아무런 길도 가르쳐주지 않고 떠나버렸다. 그러나 나는 모든 사람 속에 브라마가 숨겨져 있다는 가르침을 믿었다. 이 누리의 모든 비밀을 알고 난 다음에 비로소 그런 얼굴이 자기에게 주어지는 것이라 생각했다.[142]

---

141) 최인훈, 앞의 책, 224쪽.
142) 최인훈, 앞의 책, 225쪽.

'누리의 비밀'을 모두 알기 위해 왕자는 쉬지 않고 모든 지식의 탐구에 몰입한다. 그러나 '깊은 학문을 하면 할수록, 표정은 점점 맑아가고 수정처럼 영롱해가야 할 터인데, 그 반대로 되어가기만 하고, 무지한 탓으로 소박한 표정을 가지는 것은 아무런 값이 없다'는 절망만 차오른다. 이름조차, 너무 많이 들어 알아버린 괴로움인 '다문고多聞苦'가 아니던가. 지식을 통해 투명한 얼굴, 브라마의 얼굴을 얻고자 하지만 아무리 학문을 캐고 파내도 다음날 아침 거울에 비치는 자신의 모습에서 투명한 얼굴은 점점 더 멀어져가고 지금 쓰고 있는 탈만 더욱 굳어간다.143) 그래서 괴로운 왕자 다문고는 방법론에 대하여 고민한다.

> 나는 가끔 자기의 방법에 무슨 잘못이 있는 게 아닌가 그렇게 생각해본다. 나의 얼굴에 씌워진 이 탈을 벗자면, 그 위에 새겨진 그늘과 홈을 영혼의 힘을 가지고 하나하나 지워나가는 것, 또는 하나하나 다 듬어나가는 길밖에 다른 도리란 생각할 수 없는 일이다. 사람의 영혼이란, 브라마가 그 그늘을 던지는 못과 같으며 얼굴은 그 겉면인 것이다. 물속에 아름답고 빛나는 것을 간직하면 할수록, 겉에 어리는 그림자는 그윽할 것이다. 이 얼의 깊은 늪에 산호를 가꾸고, 진주를 배게 하고, 빛깔 고운 조개를 벌여놓아 물결을 헤살 짓지 않고 바람이 일으

---

143) 학문은 불꽃이며 인간의 괴로움을 풀이하고 가름하는 힘을 준다. 소금 굽는 소녀의 투명함 그대로는 아무런 값이 없는 캄캄한 밤이라면, 남은 길은 브라마의 이법을 캐고 모든 학문을 내 것으로 만든 다음에 오는 저 아침으로 가는 길밖에 또 무엇이 있을까. 그러나 거울을 볼 때마다 탈은 더욱더 굳어가고, 그늘이 짙고, 홈이 파여가면서, 투명한 얼굴의 바닥이 자꾸 뒤로 숨어들어가는 것은 어떻게 된 일일까. 산호의 수풀과, 진주의 벌판을 간직한 채, 한 빛깔 담담한 푸른빛으로 웃음 짓는, 저 인도양의 물 같은 얼굴은, 어쩌면 가지게 되는가. 이빨을 가는 표범과 굶주림에 울부짖는 늑대를 가슴에 품은 채, 한 빛깔 눈부신 흰빛으로 푸른 하늘을 우러러보는 저 히말라야의 낯빛을 어쩌면 닮을 수 있을까. 이 서로 어긋나는 두 극이 부드럽게 입 맞추게 할 수 있는 그 비법은 무엇일까. 나의 괴로움은 여기 있다. 최인훈, 위의 책, 226~227쪽.

키는 물결을 어루만져 물을 제자리에 가라앉히는 버릇을 가진 고기
떼들을 기르는 일이, 바로 구도가 아니고 무엇인가.[144]

왕자는 브라마의 얼굴을 욕망하면서부터 고뇌에 휩싸인다. 그리고
지금 자신의 얼굴에 쓰고 있는 탈을 벗겨내야만 브라마의 얼굴을 볼 수
있기 때문에 학문에 열중하는 것을 비롯한 온갖 노력을 기울인다. 그러
나 '얼굴에 씌워진 탈을 벗겼다고 생각하는 순간 벌써 탈은 뒤로 물러
나 여전히 도사리는 것이었으며, 그 탈을 한 번 더 벗기면 또 뒤로 물러
나는, 마치 그림자를 밟을 때와 같은 술래잡기—끝없는 술래잡기'일 따
름이다. 업業과 무명無明은 갈수록 두꺼워만 간다. 브라마의 얼굴을 가
지려고 지금 쓰고 있는 탈을 벗으려는 노력, 이것이야말로 다름 아닌
구도의 길이고, 그 길은 불가의 수행자가 염원하는 내 안의 부처를 발
견하려는 득도, 해탈을 향한 염원과 다를 바가 없다. 왕자가 탈을 벗고
'그 얼굴'을 본다는 것은 그가 소원하는 해탈을 위한 유일한 방법이다.
　학문에서 바라는 바를 구하지 못하여 괴로운 왕자는 병색까지 더해
간다. 왕자의 여자가 왕자에게 '부다가'라는 마술사가 죽은 사람을 살
리기까지 했다는 소문을 들려주자 왕자는 그를 불러들여 단둘이 만난
다. 그가 바라는 것은 '가장 높은 것과 가장 낮은 것이 합하여 하나가
된, 바라문의 얼굴을 가지고자, 지금 쓰고 있는 탈을 벗을 길을 찾는
것'이라 말해준다.
　그러자 마술사 부다가는 방법이 있긴 있으되 왕자가 여태껏 한 방법
과는 다른 것이라며, 왕자는 그 상극이 되는 두 가지를 안에서 맺음으로
써 탈을 벗고자 하였으나, 마술사의 방법은 그 두 가지를 밖에서 묶는 것
이라고 설명한다. 그리고 마술사는 쟁반에 사람의 낯가죽을 벗겨낸 탈

---

144) 최인훈, 위의 책, 227~228쪽.

을 가지고 와서 왕자의 얼굴에 이것을 덧씌우라고 한다. 그 얼굴의 임자
는 생각이라는 것을 전혀 모르고 살아온 히말라야 나무꾼의 것이기에
가장 낮은 것이며, 아트만의 얼굴을 가지기 위해서는 왕자의 얼굴에 그
얼굴을 덮어씌워야 한다는 것이다. 그런 '실험'을 셀 수 없이 하였지만
모두 실패로 돌아간다.

그러던 어느 날 마술사 부다가는 품속에서 그림 한 장을 꺼내 말없
이 펼쳐보인다. 그 그림의 인물은 '다비라국의 왕녀 마가녀'였다. 왕자
는 바로 그 얼굴임을 알아보았다. 왕자는 다비라국으로 잠입하여 왕녀
마가녀의 마음을 사로잡고, 그녀를 차지하기 위하여 다비라국과 전쟁
을 치른다. 승리한 왕자는 왕녀 마가녀의 낯가죽을 벗긴 '데스마스크'
탈을 자기 얼굴에 씌웠지만 아무 일도 일어나지 않고 떨어져 내린다.
그제야 왕자는 '후회한다'고 부르짖는다.

마술사 부다가는 왕자를 바라보며 그동안 벗겨왔던 낯가죽들은 모두
아교와 초로 잘 만든 탈바가지에 불과했다는 것을 알려주며, 살아있는
왕녀 마가녀를 불러들인다. 마술사는 옛 스승의 모습으로 바뀌었다가,
다시 변신하여 처음 그림 속에서 본 브라마의 신이 되어 말하길, "왕자
다문고, 너의 (후회한다는) 한마디가 너의 업業을 치웠다. 탈은 벗겨졌
다." 그리고 왕자는 "발밑에 떨어진 것을 보았다. 흉하게 일그러진, 주
름으로 얽히고, 떨어지면서 비틀려 오그라진 자신의 업의 탈을."[145]

왕자는 왕녀 마가녀에게서 참사랑을 얻었다. 그럼과 동시에, 그가
그토록 갈망했던 그 브라마의 얼굴 갖기가 얼마나 어리석은 욕심이었
는지를 깨닫고 그 탐욕을 채우러 낯가죽을 벗겨낸 이들에게 지은 죄를
'후회한다.' 욕심을 버리고 죄를 인식한다는 것, 그것은 왕자가 구도의

---

145) 최인훈, 위의 책, 310~311쪽.

길 끝에 도달했음을 뜻한다.

득도와 해탈을 상징하는 '브라마의 얼굴'을 사바세계의 지식과 인간의 낯가죽을 통해 이루려했던 왕자는, 왕녀 마가녀의 순수한 사랑으로 말미암아 그 욕망의 허상을 깨닫는다는 이야기로 일단 외관상 읽을 수 있다. 순수한 사랑이 인생이란 고해에서 유일한 구원이 될 수 있다는 측면에서 본다면, 분명 사랑이 일으킨 구원의 이야기이다.

> 최인훈의 사랑은 그 사랑의 상대방을 향해 무한히 열려 있으며 그 열려 있음을 통해 구원의 길을 향한 매듭을 푸는, 그런 사랑이다. 이 점에서 그의 사랑의 형태는 극히 서구적이다. 그러나 이 사랑을 통해 얻게 되는 구원의 양상은 '자신의 완벽한 초상'을 소유하려는 동양적 구도 과정을 보여주고 있다. 이것은 매우 논리적이고도 그 논리를 뛰어넘는 사상이다. 우리는 아마 「가면고」에 대해 한국인의 의식으로서는 극히 희귀한, 한국 문학에서는 거의 유일한 '구원의 문학'이라고 말할 수 있을 것이다.146)

그 사랑은 '극히 서구적'이지만 그 '구원의 양상은 동양적 구도 과정'이라는 것. 3천 년 전 인도 한 왕국의 왕자라는 주인공은 직관적으로 '고타마 싯다르타', 즉 석가모니부처를 머릿속에 떠올릴 수밖에 없다. 석가모니는 인생이 고해임을 '관觀'하고 결국 일체 세계가 '공空'임을 깨달아 해탈하였다.

왕자 다문고가 열망한 '자신의 완벽한 초상'이란 그에게는 그 나름대로 해탈을 희구한 것이다. 그러나 해탈하고자 하는 불가능하고 무명無明한 욕망, '완벽한 얼굴을 갖고 싶다는 욕망'에서 벗어났을 때, 즉 자신

---

146) 최인훈, 위의 책, 김병익, 「사랑, 혹은 현대의 구원 − '가면고'에 대하여」(1976), 316~317쪽.

의 갈망이 '헛된 것임[공空]'을 '관觀'했을 때, 그는 참모습의 얼굴, 진정한 '해탈'을 이루었다.

그렇기 때문에, 이 이야기는 작가가 자신의 정신적 심연深淵에서, 사랑을 통한 인간의 구원이라는 주제를 표면적으로 내세우고, '버림'을 깨달음으로써 '업業'에서 풀려나 '저 언덕'에 다다르는 해탈을 얻었다는 내면적 주제를 심층적으로 정묘하게 심어놓은 것이라는 예단이 가능하다.

사랑을 통한 구원이라는 포장으로, 욕망과 업을 버림으로써 얻을 수 있는 깨달음을 싸놓았다는 것은, 이중의 주제를 보여준다. 이 이중 주제는 다시 현실의 주인공 '민'과 전생의 주인공 '왕자 다문고'가 살아가는 두 가지 삶을 엇갈리게 배치한 이중 구조와 조응한다.

현실을 살아가는 인물이 가장 불교적 핵심인 '전생' 속으로 되돌아가 해탈을 염원한다는 것, 그 전생이 3천 년 전 인도 왕자의 삶이었다는 것, 그러나 그 왕자는 왕국을 대수롭지 않게 여기며 인간적인 한계를 극복하는 것에만 몰두한다는 것, 마침내 그 욕망을 버리자 브라마—범천의 존재가 된다는 것 등. '이것은 매우 논리적이고도 그 논리를 뛰어넘는 사상'이기도 하지만, 익숙하고도 오랜 불교이야기의 현대판이라고도 할 수 있을 것이다.

서구적 '구원의 이야기'에 대해서 작가는 또 다른 방식으로 설명한다.

> 『서유기』는 기막힌 책이다. 아무리 낮게 매겨도 바이블의 네 배하고 반은 나간다. 복숭아를 따먹고 천제와의 옥신각신 끝에 벌 받는 것은, 에덴동산의 훔쳐 먹기 이야기가 아니고 무엇이며, 서역으로 가는 도중의 모험은, 다시 예호바에게 돌아가기 위한 구약의 의인들의 이야기가 아니고 무엇일까. 부처님 손가락에 글씨가 써 있던 이야기는, 저 벽 앞에 나타난 손이 쓴 글씨가 아니고 무엇이며, 드디어 뜻을 이루고 극락

왕생함은, 구주에 의한 보속이 아니고 무엇인가. 괴테의 '파우스트'가
와서 발바닥을 좀 핥게 해달라고 한대도 『서유기』는 마다할 게다.[147]

다소 표현이 거칠기는 하지만, 고전 『서유기』가 담고 있는 '구도의
이야기'를, '바이블'에 나오는 '구원의 이야기'와 비교하여 두 이야기의
동질성을 강조하고 있다. 이러한 관점에서 보면 작가의 '구원'이란 서
구 유일신교에서 가장 중점적으로 강조하는 '오로지 신에 의한 영혼의
구원'을 뜻하지 않는 것으로 보인다. 인간적인 너무나도 인간적인 문제
들―생명이 유한하다는 것을 인지함, 고단한 인생살이에서 대면해야만
하는 많은 괴로움, 한 치 앞 미래도 알 수 없는 무명無明 등, 일체의 인생
고액으로부터 벗어나는 것을 '구원'으로 본다면, 이 역시 너무나도 익숙
한 '저 언덕'을 지향하는 이야기가 아닐 수 없다. 자기 자아를 구원해줄
존재는 역시 자신 밖에는 없다는 '일체유심조一切唯心造'의 이야기다.

나. 『구운몽』 ― 윤회

『구운몽』은 『광장』(『새벽』, 1960년 11월)을 발표한 지 1년 반 가량
지난 1962년 4월, 『자유문학』에 발표한 중편소설이다. 텍스트로 삼고
있는 '문학과지성사 전집판'에서는 '최인훈전집 1, 『광장/구운몽』'이라
는 표제를 달고 두 편을 한 권에 묶었다. 소설 발표 순서로 볼 때 『광장』
다음으로 약간의 간격을 두고 발표한 중편소설이 바로 『구운몽』이다.

---

147) 최인훈, 앞의 책, 252~253쪽. 이 고전 『서유기』에 대한 이야기는 『가면고』
　　이후 7년여가 지난 1966년에 발표한 최인훈의 장편소설 『서유기』에서 또 다
　　시 『바이블[성경]』과 유사한 비교를 한다. 각주 63) 참조.

그때까지 중편소설로는『광장』과 같은 해에 몇 달 앞서 발표한『가면고』가 있을 뿐이다.

1959년 등단해서부터 1963년 첫 장편『회색인』을 발표할 때까지 중편소설만 꼽는다면『가면고』와『광장』(1960년) 그리고『구운몽』(1962년), 이런 순서이다. 그 외 발표한 소설은 등단작「그레이Grey 구락부 전말기」(1959년)를 필두로,「라울전」(『자유문학』, 1959년 12월),「9월의 달리아」(『새벽』, 1960년 1월),「우상의 집」(『자유문학』, 1960년 2월)과「수(囚)」(『사상계』, 1961년 7월) 등이 있으나, 모두 단편소설들이다. '문학과지성사 전집판'에서는 '최인훈전집 8,『웃음소리』'라는 단편소설집에 이 소설들을 함께 엮어놓았다.『광장』과『구운몽』사이에 발표한 소설은 단편소설「수(囚)」뿐이다. 결국 시기적으로 볼 때『구운몽』은『광장』에 거의 연이어 발표한 중편소설이라는 것이다.

사실주의적인가 아닌가를 가르는 경계나 기준을 따지기 이전에, 독자가 익숙한 소설이란, 배경과 줄거리, 등장인물들과 사건들이 적절히 자리해서 유기적 관련을 맺고 갈등과 해소를 보여주며 대단원을 향해 나아가는, '있을 법한 이야기'라 할 수 있다. 앞서 살펴본 대로,『가면고』와『광장』은 그 구성에 있어 독특한 점이 적지 않더라도 분명 서사적인 양상을 보여주고 있다. 그러나『광장』이후에 발표한 단편소설「수(囚)」에서는 사실과 사건이 다분히 사라지기 시작하고 주인공의 상상과 독백만 자리한다.

그 다음으로 발표한『구운몽』에서는 마침내 종잡을 수 없는 등장인물들이 예측할 수 없이 출현하고 그들의 뜬금없는 생각과 행동들이 펼쳐진다. 또한 아예 일관성 없는 줄거리와 그 연결고리를 알아볼 길 없는 사건들의 나열로만 점철한다. 이렇게 기존의 소설 내지 전통적 소설과는 확연하게 다른 소설작법을 구사함으로써, 작가는 소설이란 새로운 무엇인가를 창작하거나 창조하는 예술이라는 자신의 의도를 개진改進한 것으로 볼 수 있다.

최인훈의 『구운몽』은 물론 김만중의 『구운몽』[148]에서 제목을 빌려온 소설이다. 김만중의 그것은 제목에서부터 꿈속 이야기라는 뜻을 함축하고 있다. 그러나 최인훈의 것은 어느 부분이 꿈이고 어느 부분이 현실인지 분간하기가 매우 곤란하다. 꿈으로 시작해서 현실의 이야기를 하다가 어느 순간에는 꿈인지 현실인지 구분할 수 없는 장면으로 넘어간다.

주인공 '민'은 자신이 꾼 꿈을 이야기하다가 불쑥 현실적 처지를 설명하기도 한다. 극장에서는 민의 옆에 앉은 여자가 불쑥 이야기에 껴들어 그녀의 느낌을 말하고, 추위를 피하려고 들른 찻집에서는 스토브를 둘러앉은 사람들이 두서없이 시단詩壇에 관한 그들만의 이해할 수 없는 대화를 나누고 시를 낭독하기까지 한다. 다시 현실의 자기 집으로 돌아가지만 사지가 떨어지는 꿈을 꾸기도 하고 밖으로 나오면 공중의

---

148) 구운몽(九雲夢) : 한문본과 국문본이 있는데, 선후 관계는 아직 밝혀지지 않고 있다. 주인공 성진(性眞)은 육관대사의 제자였으나 팔선녀와 희롱한 죄로 양소유라는 이름의 인물로 인간 세상에 유배되어 태어났다. 소년 등과하여 하북의 삼진과 토번의 난을 평정했다. 그 공으로 승상이 되어 위국공에 책봉되고 부마가 되었다. 팔선녀의 후신인 여덟 명의 여자들과 차례로 만나 아내를 삼았다. 영화롭게 세상을 보내다가 만년에 인생무상을 느끼고 호승(胡僧)의 설법을 듣고 크게 깨달아 팔선녀와 함께 불문에 귀의 했다. 양소유의 일생은 군사적 활동이 큰 비중을 차지하지 않으나, 영웅의 일생의 전형적인 모습을 지니고 있다. 양소유는 <옥루몽>의 주인공 양창곡과 함께 이상적인 남성상이다. 양창곡이 보다 현실적이며 적극적이라면 양소유는 소극적이며 불교적 인생관을 가진 인간형이다. 주제는 성진의 선불계(仙佛界)와 양소유가 택한 현세(現世)라는 두 세계를 놓고 어느 것을 택할 것인가 하는 문제라고도 하고, 불교적인 깨달음에 핵심이 있다는 견해도 있다(하략). 서울대학교 동아문화연구소 편, 『국어국문학사전』, 「김만중」 항목, 1980, 151쪽.

스피커에서 혁명군 방송이 울려퍼진다.

텍스트로 삼은 '문학과지성사 전집판'[149]에서는 소제목이나 숫자를 사용하여 단원을 구분하지 않았으나 한 칸 떼는 형태로 단락을 나눠놓았다. 최소한의 내용을 알아보기 위하여 그 구성을 단락별로 살펴보면 [표 5]과 같다.

[표 5]

『구운몽』의 단락별 간략한 내용		
단락	표기쪽수	간략한 내용
1	213~223	관棺 속에서 일어났던 지난 밤 꿈을 생각하며 자신의 거처로 돌아온 독고민은, 예전에 사귀던 '숙'이 보낸 만나자는 편지를 발견하고 잠자리에 눕는다.
2	223~238	숙은 약속장소에 나오지 않았고 독고민 혼자만 영화를 보고 추운 밤길을 걸어 돌아오다가 어느 찻집에 들어간다. 빨간 넥타이의 청년이 연설과 시를 낭독하고 독고민을 선생님이라 치켜세운다. 당황한 독고민은 그 찻집에서 도망쳐 나온다.
3	238~250	자신의 집으로 돌아온 독고민, 편지의 날짜를 확인하고 잠이 든다. 온몸이 떨어져나가는 꿈을 꾼다. 놀라서 깨었다가 다시 몸을 눕힌다. 숙을 만나러 나왔던 날과 똑같은 밤이다. 그날 밤 자신을 쫓던 사람들을 다시 만난다. 공중의 스피커에서는 혁명군 방송이 흘러나온다. 갑자기 어느 집으로 미끄러져 흘러들어간

---

149) 최인훈, 최인훈전집 1, 『광장/구운몽』, 『구운몽』, 문학과지성사, 2010, 211~350쪽.

		다. 사람들은 와자지껄 문 앞을 지나간다.
4	250~277	어느 회의실, 나이가 지긋한 중역들이 독고민에게 결심을 애원한다. 갑자기 정부군 방송이 라디오에서 흘러나온다. 회의실에서 문을 박차고 골목으로 빠져나와 도망친다. 거리에 털썩 주저앉자 스피커가 혁명군 방송을 내보낸다. "독고민은 하늘을 보았다. 여전히 수없이 많은 탐조등 불줄기가, 안타깝게 도시의 하늘을 헤매고 있었다. 폭격은 없다고. 혁명. 누가 혁명을 일으킨 것일까. 스피커의 부름에도 불구하고, 거리로 나오는 사람은 하나도 없다. 인적이 끊인 채 거리는 괴괴하고, 총소리 한 방 들리지 않는다." 골목 양쪽에서 노인들과 찻집의 시인들이 다가온다. 담벼락에 기대자 독고민은 홀렁 뒤로 자빠진다. 여자무용수들이 그를 둘러싼다. 여자들은 갑자기 그를 선생님이라 부르며 그에게 대답을 요구한다.
5	277~283	다시 혁명군 방송, 방송하던 사람이 이별을 고한다. 탐조등은 멈추고 사람들은 거리를 헤매고 있다. 노인들이 대화하고 시인들이 선생님(독고민)을 찾는다. 무용 슈트만을 입은 여인들이 선생님을 찾는다. '바람 속을 사람들은 달려간다. 달려라. 달리면 구원될 것이다.'
6	284~297	'독고민은 간수를 따라 감방 구역으로 들어섰다.' 모든 것을 투시透視하는 시인, 모든 것의 결론을 내려는 철학자, 첫사랑을 잊어버리지 않는 청년, 즉, '심리적인 조화調和를 가지지 못한 것'이란 죄를 지은 자들. 독고민은 '풍문인風聞人 — 그는 인생을 살지 않았으며 살았으되 마치 풍문 듣듯 산 것 때문에 흉악범으로 간주되어 서서히 살해하는 방법으로 살해하도록'이라고 적힌 명령문으로 체포된다.
7	297~314	어느 바(Bar) 안. 왼쪽 빰에 까만 점이 눈을 끄는 에레

		나가 앉아 있다. 그녀는 페퍼민트를 마신다. 뿌리치고 뛰쳐나오자 독고민을 무정부주의자요 혁명의 괴수로 알리는 정부군 방송이 들려온다.
8	314~330	광장 분수대 위에서 사살 당한 독고민을 댄서가 데리고 교외 별장으로 데려가고, 그곳에서 독고민은 다시 살아난다. 감사역, 빨간 넥타이, 미라, 에레나를 비롯한 모든 사람들이 다시 나와서 독고민을 외국으로 보내기로 한다.
9	330~343	김용길 박사의 등장, 『프시케』 잡지의 불경에 나오는 이야기 하나. 조수 빨간 넥타이, 간호부장 ― 벤치에서 발견된 독고민이라는 동사자凍死者 ― 그는 1년 전 4월에 죽은 그녀의 유복자와 닮았다.
10	343~350	고고학 필름에 대한 설명. 회관을 빠져나오는 두 연인. 훈풍이 산들거리는 5월의 밤. 음력 4월 초파일이다. 성탄을 기리는 꽃불이 도시 하늘을 눈부시게 수놓았다. "그런 시대에도 사람들은 사랑했을까?" 남자는 그 물음에도 여전히 대답이 없이 우뚝 걸음을 멈춘다. 여자도 선다. 남자가 두 손으로 여자의 팔을 잡는다. 그녀의 눈동자를 들여다본다. 신기한 보물을 유심히 사랑스럽게 즐기듯. "깡통. 말이라고 해? 끔찍한 소릴? 부지런히 사랑했을 거야. 미치도록. 그밖에 뭘 할 수 있었겠어." 그리고 두 남녀의 입맞춤. "그들의 입맞춤은 아직 끝나지 않았다."

소설은 첫 단락에서 이렇게 시작한다.

관(棺) 속에 누워 있다. 미라. 관 속은 태(胎) 집보다 어둡다. 그리고 춥다. 그는 하릴없이 뻔히 눈을 뜨고 누군가를 기다리고 있다. (……)

똑똑. 누군가 관 뚜껑을 두드리고 있다. (……) 그는 두 손바닥으로 관 뚜껑을 밀어올리고 몸을 일으켰다. 어둡다. 아무것도 보이지 않는다. 게 누구요? 대답이 없다. 그는 몸을 일으켜 관에서 걸어나왔다. 캄캄하다. 두 팔을 한껏 앞으로 뻗치고 한 발씩 걸음을 떼놓는다. 한참 걸으니 동굴 어귀처럼 희미한 곳으로 나선다. 계단이 있다. 두리번거리면서 한 계단 밟아 올라간다. 캄캄한 겨울 밤 독고민은 아파트 계단을 올라간다. 지난밤 꿈을 골똘히 생각하면서.150)

한 문장으로 요약하자면, 관에서 일어나 걷다가 주인공 자신의 아파트 계단을 올라간다는 이야기다. 관에 누워있었는데 누군가 관 뚜껑을 두드리는 소리에 뚜껑을 열었으나 아무도 없어서 관에서 걸어 나와 걸었다는 부분까지가 꿈이고, 자기 아파트 계단을 올라가는 것은 현실이다.

그리고 관 속의 어둠이 태 집보다 어둡다고 한다. 그는 관 속의 어둠을 응시하며 태 집 속에 있었을 때의 어둠을 기억한다. 다시 말하면 죽었다가 다시 살아나고 있으며 그 태어나기 전 애기집속에 있을 때도 기억하고 있다. 죽었다가 살아나기를 반복하는 중이다.

두 번째 단락부터는 아예 꿈과 현실의 이음새 찾기가 불가능해진다. 주인공 독고민으로서는 꿈을 꾸고 있다가 깨어나고 깨어있으나 다시 꿈속 같은 일들이 뒤섞여 일어난다. 일반적으로 꿈은 잠이 들어야 꿀 수 있다. 잠속에서 꿈을 꿀 때는 꿈꾸는 사람의 의지대로 움직일 수가 없다. 숨 쉬며 살아있지만 행동은 자유롭지 못한 가사假死 상태다. 자다가 깨는 것을 반복하는 것이 사람의 일생이다.

할 수 있는 한 간단하게 표현하자면, 인간 삶이 거듭 반복하는 것을 불가에서는 윤회라고 한다. 자는 것을 한시적인 죽음[死]으로 본다면 하나의 일생도 윤회를 하는 것이라 할 수 있다. 한 사람의 생애가 계속

---

150) 최인훈, 앞의 책, 213~214쪽.

반복하는 것도 윤회요, 한 사람이 한 생에서 자다가 깨기를 반복하는 것도 윤회적인 면이 있다고 볼 수 있다. 윤회하여 다시 태어나는 생에서는 전생을 기억할 수 없으나, 한 생에서 반복하는 자다 깨기는 단지 기억이 연결될 뿐이다. '관에서 깨어나 일어난다'는 것은 하여간 다시 사는 것이고, 그것은 윤회를 정의定義하는 것일 수 있다.

　『구운몽』에서는 이러한 꿈이기도 하고 꿈같은 이야기이기도 한 단락이 9개이다. 에필로그 성격의 마지막 단락에서는 이미 독고민이 죽어 없어졌기에, '빨간 넥타이'를 맨 남자와 '왼쪽 볼에 까만 점이 귀여운' 여자[151], 두 연인이 등장한다. 그들은 '고고학 입문 시리즈 가운데 한 편으로, 최근에 파낸 어느 도시의 전모'[152]라는 영화를 보고 나온다. 마침 그날이 사월 초파일이었기에 그들은 '대승정 관음선사觀音禪師의 설법을 들으러 시민회관으로 갈 셈'이었으나, 사랑에 대해 이야기하고 '깊은 입맞춤'을 하는 것으로 소설은 끝난다.

　김만중의 『구운몽』은, 주인공 성진이 선불계仙佛界에 있던 시절과 인간세상에서 양소유로 태어나 역시 인간으로 내려온 8선녀와 사랑을 나누다가 불법에 귀의하는 이야기이기 때문에 '구운몽—아홉 가지 뜬구름 같은 꿈' 이야기였다면, 최인훈의 것은, 아홉 단락에 걸친 독고민의 꿈 이야기거나 꿈같은 이야기를 이어가다가, 마지막 단락에서 '사월 초파일, 성탄을 기리는 불꽃' 아래 두 연인이 사랑을 나누는 이야기이다. 『구운몽』이라는 이름 아래 굳이 이 두 가지 소설을 대조하자면, 방식과 형태는 다르지만 이렇듯 유사한 구성과 성격을 공유하고 있다는 것을

151) 소설에서 이 '빨간 넥타이'와 '왼쪽 볼에 까만 점'은 계속 다른 식으로 등장하는 한 남자와 한 여자를 상징한다.
152) 최인훈, 앞의 책, 346쪽.

알아볼 수 있다.

결국, 아홉 가지 꿈 혹은 아홉 번 겪는 생生, 즉 윤회를 바탕으로 하는 이야기이다.

소설을 발표한 시기를 돌아보면, '빛나는 4월'에 고무된 『광장』이 그 '4월'이 있었던 같은 해인 1960년 11월에 나왔고, '1년 전 4월'¹⁵³⁾에 죽은 아들을 생각하며 눈물을 흘리는 등장인물이 있는 『구운몽』을 1962년 4월에 발표한다. 그리고 소설 속에서 혁명가로 불리는 주인공 '독고민'이 '동사자凍死者'로 끝나는 것을 상징적으로 미루어본다면, 두 소설을 집필한 시기 사이에는 5 · 16군사정변이(1961년 5월 16일) 자리하고 있다.

두 작품 모두 결론적으로는 주인공이 사라지지거나 얼어 죽는 것으로 마치고 있다. 의거義擧였든 정변政變이었든 그때까지 작가의 눈은 아직 역사의 새로운 창달을 볼 수 없었다는 의미로 받아들여진다. 그렇기 때문에 '독고민'의 죄목이 '인생을 살았으되 마치 풍문 듣듯 산 풍문인風聞人'이라는 것이다. 민주사회를 살아가는 하나의 시민이기를 열망하는 작가와는 완전히 동떨어져 세상이 돌아가고 있었음을 상징하는 것으로 볼 수 있다. 자유로운 주체적 자아가 역사의 풍랑을 헤쳐 가는 일생, 고해를 항행하는 여정의 종착지는 여전히 요원하다.

『구운몽』에서 또 하나 주목해야 할 이야기는 작중 등장인물 가운데 정신과의사로 보이는 '김용길 박사'가 자신의 책상 위에서 『프시케』라는 책을 들어서 읽는데, 그 책에 담긴 이야기가 불경의 것이라는 점이다.

---

153) 최인훈, 앞의 책, 341~342쪽.

박사는 데스크 위에 놓인 『프시케』를 집어들어 책장을 넘긴다. 한국 심령학회에서 내는 계간잡지다. 그는 한 손으로 책을 꼬나잡고 읽기 시작한다.

옛날, 세 마리 짐승이 각각 발원(發願)하여 극락으로 가는 길을 떠났다. 극락에 이르자면, 고해(苦海)하는 강을 건너야 한다. 강은 넓고 깊다. 강 건너편이 바로 극락이다. 그들은 강물에 들어섰다. 토끼는 물 위에 둥실 떠서 헤엄쳐 건넌다. 말은, 뒷다리는 강바닥을 밟고 허우적거리며 목을 내밀고 건넌다. 코끼리는, 기둥 같은 네 다리로 강바닥을 튼튼히 밟고도 머리와 등이, 능히 물 위에 솟은 채 건넌다. 세 짐승은 탈 없이 강을 건넜다. 토끼는 가슴을 할딱이며 숨을 돌리고, 말은 물기를 털며 한마디 울고, 코끼리는 그들을 보고 있었다. 한숨 돌리자 이 세 짐승 사이에는 점잖지 못한 싸움이 벌어졌다. 서로 제가 더 고생했다는 싸움이 시작된 것이다. (……) 보살은 그들의 이야기를 듣고 고개를 설레설레했다. "안 될 말. 여러분들이 고생해서 고해를 건너온 보람도 없이, 그게 무슨 겸손치 못한 말이람. 토끼는 몸집이 작아서 헤엄쳐 건너고, 말은 선 키가 높아 서서 건너고, 코끼리는 덩치가 크니 걸어서 건넜으되, 극락의 땅을 밟기는 매한가지. 여기 이렇게 셋이 다 서 있지 않은가. 누가 높고 누가 낮으며 누가 높았고 누가 낮았으면 어떻단 말인가?" 세 짐승은 문득 깨달았다. 그들은 보살 앞에 꿇어앉아 잘못을 빌었다.[154]

---

154) 최인훈, 앞의 책, 333~334쪽. 이 이야기의 원전은 『우바새계경』이다. 優婆塞戒經(우바새계경) : 북량(北涼)시대에 담무참(曇無讖)이 428년에 양도(涼都)의 한예궁(閒豫宮)에서 번역하였거나, 또는 426년 6월과 9월 사이에 고장(姑臧)에서 번역하였다. 별칭으로 『선생경(善生經)』・『바새계본』이라고도 한다. 선생(善生)을 위하여 대승의 재가불자인 우바새가 지켜야 할 계(戒)에 대해 설한 경전으로, 모두 28품으로 이루어져 있다. (중략) 이 경은 『중아함경』의 제33 『선생경』을 확대하여 대승적으로 개작한 것이다. 여기서 설하는 계(戒)는 대승보살의 원행(願行)을 말하며, 보살계의 내용을 이룬다. 이 경은 경전 성립사를 고찰하는데 있어 중요한 의의를 가지며, 대승계가 설해져 있다는 점에서 중국불교에서도 중시되었다. 『동국역경원 불교사전』, 「우바새계경」 항목.

이 이야기를 읽고 그에 대한 생각을 쏟아놓는 등장인물 '김용길 박사는 이 단편을 처음 읽었을 때의 깊은 맛을 항상 떠올린다.' '그 짤막한 묘사, 보는 듯한 우스움. 깊은 상징을 통한 시원스런 대긍정大肯定'이라는 충격을 받았기 때문이다.

이야기가 원래 전하고자 하는 바라면, 고해를 건너 '저 언덕'에 도달하는 방법은 사람마다 각자의 요량대로라는 것으로 볼 수 있는데, 박사의 분석은 여기서 한층 더 나아간다.

> 풀기에 따라서는, 이 세 짐승은 한 인간의 각각의 구석을 나타낸다고 볼 수도 있다. 한 인간의 여러 재질이 다 함께 자라기는 어려우며, 그것은 그런대로 좋다는 말도 된다. (……) 문제는 처음부터 어렵고, 갈피로 말하면 무한히 헝클어졌다. 세 짐승이 건넌 물과 현대인이 헤엄쳐야 할 물은 우선 그 복잡성에 있어서 건줄 바 안 된다. 바다처럼 방대한 조직과 풍문보다 불확실한 뉴스 문화의 홍수 속에서 개인의 해체를 막고 그의 허리를 꼭 죄어줌으로써, 한 자루의 대[竹] 빗자루처럼 핑 하니 설 수 있게 해줄 코르셋은 과연 무엇인가. (……) 정신병 환자더러 민간에서 귀신이 '들렸다'고 말하는데, 이 피동형의 의미는 중대한 것이 아닐까? 교양인은 스스로 마귀를 불러'들이'고 소박한 인간들은 밖으로부터 '들리'는 것이 아닐까? 이 '피초대자'와 '불청객'은 같은 인물인가 다른 인물인가? 이른바 '문화'라는 것이 그 인물인가? (……) 야릇한 일로는 그처럼 간결한 얘기가 읽을 때마다 새 짐작을 주는 사실이다. 종교적인 비유의 무한한 다의성(多義性), 혹은 미의성(迷義性). 아무려나 그것은 생각을 위한 최고의 발판 구실을 해주었다. 발판 없이는 아무도 뛸 수 없다.[155]

정신과의사답게 그의 관점은 대단히 복잡다단하다. 불경의 시대는 원시적이었기에 이러한 우화로 깨우침을 줄 수도 있었을 것이다. 그러

---

155) 최인훈, 앞의 책, 336~337쪽.

나 현대는 사태가 그렇게 단순하게 파악되거나, 우화적으로 문제를 간단히 파악하거나 적용할 수 있는 시대가 아니다. 그럼에도 불경의 이야기가 '종교적인 비유의 무한한 다의성多義性과 미의성迷義性'을 지니고 있기 때문에 '생각을 위한 최고의 발판 구실을 해준다'는 것이 그의 결론이다. 종교적인 비유라고 했지만 불경은 불교의 경전이다.

제목부터 불교적 교훈을 배경으로 하는 『구운몽』을 차용했고, 불경 이야기가 생각을 할 수 있게 해준다고 말하며, 결말에는 사월초파일에 성탄을 기리며 사랑하는 이야기로 맺는다.

가장 핵심적인 부분은 '독고민'의 형상인데, 앞선 소설 속 주인공들과 마찬가지로 역시 한국전쟁 때 월남하여 객지에서 힘들게 살아가는 실향민이고, 그렇기 때문인지 그는 자신으로서는 도저히 알 수 없는 무언가에 연신 쫓기기만 한다. 또 간호부장으로 나오는 여인의 아들로서 '1년 전 4월'에 죽기도 하고, 마지막에 등장하는 '빨간 넥타이' 또한 그 자신이 아닐까 하는 추측을 낳기도 한다.[156] 이는 꿈을 꾸며 자다가 깨어나고 깨어 있으나 꿈꾸기를 반복하는 이야기가 전생과 현생을 거듭하는 '윤회의 이야기'로 비의比擬할 수 있으며, 그러므로 하나의 불교적 상징에 대한 이야기로 볼 수 있다.[157]

---

156) 게다가 독고민은 4·19 때 죽은 간호부장의 아들과 비슷한 느낌을 주었다가, 그 뒤에 두 개의 겹을 열면 영화를 보는 관객인 '민'으로 환생한 것처럼 여겨질 정도로 그는 시공을 초월해 있다. 이쯤 되면 이것은 전생(前生)의 이야기와 다를 것이 없고 모든 사람들의 내부에는 '독고민'이 들어 있다고 말할 수 있을 정도가 된다. 최인훈, 앞의 책, 김인호, 「사랑과 혁명의 미로」(2008), 391쪽.

157) 아무리 쫓아가도 신기루처럼 멀어지는 사랑. 그래도 쫓아가지 않을 수 없는 사랑. 그것을 잡았다고 생각한 순간 그것은 더 멀리 사라져 잡을 수 없지만, 사랑마저 없으면 이 세상은 어떻게 되겠는가? 그래서 우리는 아무리 배반당해도 사랑해야 하며, 또다시 혁명의 불길을 지펴야 한다. 「구운몽」에서 이런 것들을 읽어

다. 「웃음소리」 — 색즉시공

　최인훈(崔仁勳)의 작중인물들은 그런 점에서 <창> 타입의 인간형
이다. (……) 바라보는 행위는 무기력하고 정적인 행위가 아니라 <굶
주린 듯 지켜봄>이란 표현에서 알 수 있듯이 동적이며 적극적인 정신
의 행위이다. 그만큼 현실에 대한 관념의 적극성을 보여준다는 말인
데, 이 태도는 최인훈의 작가적 태도와 동일하다. 그는 문학이란 현실
의 문제를 해결하는 수단이 아니라 현실의 문제를 표현함으로써 극복
하는 수단이라고 믿고 있다. 언어를 다루는 작가의 입장이 바로 창을
통해서 사고를 하는 작가의 입장인 것이다.[158]

　「웃음소리」[159](『신동아』, 1966년 1월)는, 등단작 「그레이Grey 구락
부 전말기」(『자유문학』, 1959년 10월)와 「라울전」(『자유문학』, 1959
년 12월) 그리고 「우상의 집」(『자유문학』, 1960년 2월)과 더불어 이른
바 '창형窓型 인간과 관련된' 작품으로 같이 묶어서 거론하기도 한다.[160]

　　내면서 우리 시대의 사랑과 혁명을 생각해본다. 놀람과 충격, 그리고 공포 속에
　서 죽어간 독고민의 이미지는 결국 깊은 미로 속에서 길을 잃은 사랑의 모습이
　지만, 그런 이미지 때문에 다시금 준비하는 '사랑의 혁명군'은 오늘도 지하에서
　우리 사회에 사랑을 실현할 그날을 기다리고 있다. 그것은 부처님의 경전에서나
　봄직한 '거룩한' 사랑이지만 결코 포기할 수 없는 사랑이기도 하다. 최인훈, 앞의
　책, 김인호, 앞의 글, 399쪽.
158) 김병익 · 김현 책임편집,『최인훈』, 오생근, 「믿음의 세계(世界)와 창(窓)의 문
　　학(文學)」(『삶을 위한 批評』, 문학과지성사), 도서출판 은애, 1979, 67쪽.
159) 최인훈, 최인훈전집 8,『웃음소리』, 「웃음소리」, 문학과지성사, 2009.
160) 먼저, 창형 인간론 특유의 시각에 대한 특권화가 묘사 위주의 이미지즘적 소설
　　들을 낳았다. 게다가 이 유형에 속한 작품들은 표피적인 분류법에서와는 달리
　　지극히 형식 실험적이기 조차 했다. 그간 사실주의 계열의 소설이라고 알려져
　　있던 대부분의 작품이 이에 속한다. 둘째로, 창형 인간의 욕망에 대한 내용 층위
　　의 탐구가 모방 욕망의 삼각형과 관련된 네 편의 소설들을 탄생하게 했다. 「그레
　　이 구락부 전말기」「라울전」「우상의 집」「웃음소리」가 그 작품들이다. 셋째로,

창형 인간이란 '묘사 위주의 이미지즘적 소설'에서 창을 통해서 바라보는 것으로만 세상과 소통하는 관조적인 등장인물을 지칭하기도 하고, 작가 역시 창을 통해서 현실세계를 관찰하여 소설을 쓴다는 의미로도 볼 수 있다.

이 소설의 주인공 '그녀'는 그 시대에 흔하게 통용하던 이름 하나 없이 글자 그대로 단순히 '그녀'일뿐이다. 작가는 '그녀'가 움직이는 대로 따라가면서 그녀가 듣고 보고 걷고 만나는 사실들을 일정한 거리를 두고 담담히 적어 내려가기만 한다. 때로 약간 지나치게 근접한 부분이라면 그녀의 느낌이나 꿈을 꾼 내용까지 적고 있는 정도이다.

이런 기술 태도는 이 소설이 어떤 특별한 사건이나 강한 메시지 등을 설명하거나 주장하려는 의도는 거의 없다고 느끼게 해준다. 마치 소설가는 사진작가처럼 '그녀가 떠나는 짧은 여행이야기'라는 피사체를 찍어서 한 장의 사진으로 보여줌으로써, 독자를 '읽는 이'가 아니라 보이는 것을 그저 바라보기만 하는 '보는 이'로 만들어준다. 읽고 생각하고 판단하는 단계를 거치는 책읽기가 아니고, 보는 순간 바로 감지하거나 그것이 아니라면 간과해버리고 말면 그뿐이다. '독讀'이 아닌 '관觀'이다.

그녀는 '바아 하바나'라는 술집에서 '홀의 1번' 대우를 받던 여종업원이었다. 그러다 한 남자를 만나 사랑했는데 남자는 그녀의 돈과 함께

창형 인간의 욕망에 대한 형식 층위의 탐구는 나머지 네 편의 패러디 소설들을 결과했다. 모방적 글쓰기로서의 패러디는 일종의 창틀 구실을 하면서 창형 인간의 현실에 대한 관찰과 사유의 우위를 보장한다. 최인훈, 최인훈전집 8, 『웃음소리』, 김형중, 「창형(窓型) 인간과 욕망의 삼각형」, 문학과지성사, 2009, 396쪽.

사라져서 '아직 붙잡지 못하고 있다.' '하숙집에서 죽기는 죽어도 싫어서', 그녀는 그와 함께 다녀온 적이 있는 P온천으로 가서 그와 함께 사랑을 속삭이던 그 장소에서 죽기로 작정한다. 그 자리를 찾아가 멀리서 바라보니 연인 '한 쌍'이 나란히 누워 서로 무어라 정담을 나누고 있으며, 간혹 '알릴락 말락한 여자의 짧은 웃음소리'가 들려온다. 다시 찾아갔으나 그들은 그 자리에 여전하고, 마지막으로 찾았을 때, 사람들이 모여 웅성거리고 있다. 그들이 그곳에서 같이 죽은지가 일주일이 넘었다는 것. 그녀는 다시 서울로 돌아오는 기차에 몸을 싣는다. 여기까지가 「웃음소리」의 대략 줄거리이다.

웃음소리에 대한 착각 혹은 환청을 소설의 중심 주제로 볼 수 있다. 들었다고 생각했던 웃음소리는 정작 없었던 것이고 실제로는 없었던 웃음소리는 알고 보니 자기가 언젠가 냈던 그 웃음소리였다는 것. 있고[色] 없음[空]이 연이어 교차한다.

『반야바라밀다심경(般若波羅蜜多心經)』은 당나라 때(649년) 현장이 번역한 불교의 초종파적인 으뜸 경전이다. 반야 공사상으로 대표되는 6백 권 반야경의 정수를 간추린 것으로, 불교 종파의 법회나 의식에서 널리 독송되는 경전이기도 하다.

약칭 반야심경의 요체는 색즉시공 공즉시색色卽是空 空卽是色으로 5온·12인연·4제의 온갖 법이 모두 공空한 이치를 밝히고, 보살이 이 이치를 관觀할 때 일체의 고난을 면한다는 것이다. 반야바라밀다에 의지하여 구경의 열반을 얻으며 삼세의 부처님도 반야바라밀다에 의지하여 아뇩다라삼먁삼보리를 얻는다고 하는 반야바라밀의 내용과 공덕에 대

하여 설하고 있다.[161]

반야심경은 석가모니부처가 제자인 사리자舍利子에게 반야바라밀다, 즉 도피안[到彼岸＝解脫]에 대하여 설명하는 형식을 취하고 있다. 관자재보살[觀自在菩薩＝觀世音菩薩]이 반야바라밀다를 행할 때 오온[五蘊＝色受想行識]이 모두 공空한 것을 보고 일체고액一切苦厄을 넘었다는 첫 행에서부터 시작한다. 그 오온이 공하다는 것은 다시 색즉시공 공즉시색의 이치이고, 또한 12인연[眼耳鼻舌身意 色聲香味觸法]과 4제[苦集滅道]도 없다[無] 라는 것이다. 이러한 반야바라밀다에 의지하여 열반과 아뇩다라삼먁삼보리[無上正等覺]라는 부처의 깨달은 경지에 다다를 수 있다고 설파한다.

다시 말해 반야심경의 가장 핵심적 진리는, 있음은 곧 없음이고 없음 역시 있음과 다르지 않다는, 색불이공 공불이색 색즉시공 공즉시색이며 그것을 여러 측면에서 설명하고 있다.

「웃음소리」는 다양한 있음과 없음의 양상을 내포하고 있다. 이러한 있음과 없음이 나란하거나 연이어지는 이야기를 다시 따라가 본다.

> ① 사람이 있다. 그녀는 좀 더 걸어나갔다. 그러나 거기가 한계였다. 나무숲은 거기서 끊어졌다가 그 빈터 가까이에서 다시 듬성듬성 비롯되고 있는데다가 그녀가 있는 자리에서 조금 나가면 작은 낭떠러지다. 그녀는 나무 뒤에 몸을 숨기고 좀더 잘 보려고 애를 썼다. 그러나 빈터를 둘러서 있는 나뭇가지와 잎새가 흐늘흐늘 움직이는 탓으로 사람의 온몸을 볼 수는 없었다. 한 쌍이 잔디에 누워 있다. 여자는 남자의 팔을 베고 서로 얼굴을 바라보며 모로 누워 있다.[162]

---

161) 『동국역경원 불교사전』, '반야바라밀다심경' 항목 참조.
162) 최인훈, 앞의 책, 267쪽.

사라진 그 남자와 찾았던 자리를 다시 찾아가 죽으려는 그녀는, 그 자리에 이미 '사람이 있다'는 것을 발견한다. 살아있는[색] 그녀가 죽으려고[공] 하는 순간, 예전 그들이 있었기에 지금은 비어 있어야 할 자리에[공] 다른 사람들이 누워있다.[색] 그러자 살아 있지만[색] 죽기를 각오한[공] 그녀로서는 죽지[공] 못하고 살아 있을 수밖에[색] 없다.

> ② 이튿날 그녀는 전날과 같은 시간에 산으로 올라갔다. 전날보다 길이 가깝게 느껴져서 그녀는 되도록 천천히 올라갔다. 빈터를 바라보는 데까지 왔다. 그녀는 두려운 광경을 마주 보듯 그쪽을 건너다봤다. 오늘도 두 남녀는 벌써 와 있다. 그리고 그녀는 여자가 베고 있는 남자의 팔이 햇빛 속에서 환한 금빛으로 빛나는 것을 보았다. 남자가 짙은 누렁 서츠를 입고 있었다. 어제 보았을 때도 그 옷이었는지는 생각나지 않았다. 여자가 몸을 뒤채는 것이 보이고 이어 암암한 웃음소리……163)

다음날도 그 자리가 비어 있기를 바라 다시 산으로 올라갔지만[공], '두 남녀는 벌써 와 있다.' 그리고 '남자의 팔이 햇빛 속에서 환한 금빛으로 빛나는 것과 여자가 몸을 뒤채는 것을 보았고' 귀에 '암암한 웃음소리'가 들려온다[색].

> ③ 그녀는 사랑했던 것이다. 몸을 판 돈을 선뜻 바치고 의심치 않을 만큼 순정(!)을 바쳤던 것이다. 순정. 그녀는 낄낄낄 웃었다. 연거푸 낄낄낄 웃었다. 그 천한 웃음소리가 자기의 목구멍이 아니고 방구석 어둠 속에 숨은 어떤 여자의 것인 것처럼 느끼면서 퍼뜩 잠에서 깨었다. 꿈속에서 웃고 있었던 것이다. 그런데 금방 생각은 달아나고 다만 누군가의 웃음소리를 들은 것 같았다. 저 빈터

---

163) 최인훈, 앞의 책, 269쪽.

에서 바람결에 끌리던 알릴락 말락한 여자의 짧은 웃음소리였다고 그녀는 생각하였다.[164)

여관으로 다시 돌아온 그녀는 '꿈속에서 웃고 있었다.'[공] '퍼뜩 잠에서 깬' 그녀는 '누군가의 웃음소리를 들은 것 같은데' 그 소리는 '저 빈터에서 바람결에 끌리던' '여자의 짧은 웃음소리'였다고 생각한다[색].

④ 오늘 또 자리를 차지한 그들을 보게 되더라도 크게 실망할 것 같지도 않았다. 그때는 그때 가서 생각하지. 오히려 그녀는 오늘도 그들이 왔겠거니, 하고 있었다. 황색의 셔츠를 입은 남자와 그 여자의 자리에 그녀는 마음속에서 자기와 '그'를 놓고 있었기 때문이었다.[165)

다시 빈터를 찾는 그녀는 '또 자리를 차지한 그들을 보게 되더라도 크게 실망할 것 같지' 않았다. 왜냐하면 '그들이 왔겠거니, 하고 있기' 때문이다. 그녀는 남자와 그 여자 자리에 그들 대신에 '마음속에서 자기와 그를 놓고 있었기 때문이다.' 비어 있어야 할 자리를 차지하고 있는 한 쌍[색], 그런데 비록 마음속으로이지만 그녀는 지금은 없는 그와 자기를[공] 그들 대신 놓고 있다.

⑤ 옆에서 누군가 말했다. "언제 죽었답니까?" "저쪽 저 안경 쓴 형사가 그러는데 한 일주일 된 것 같다는군요." 그녀는 꿈결처럼 그 이야기를 들었다. 그때였다. 거적때기 밑에서 전날에 들은 그 웃음소리―젊은 여자의 짤막한 웃음소리가 흘러나왔다. 머리가 환해지고 다리에서 맥이 풀리면서 그녀는 풀밭에 쓰러졌다.[166)

164) 최인훈, 앞의 책, 271쪽.
165) 최인훈, 앞의 책, 272쪽.
166) 최인훈, 앞의 책, 273쪽.

살아서 서로 사랑의 눈빛을 나누는 것으로 봤던 그들이[색] 실은 '한 일주일' 전에 이미 죽었다는 것[공]. 그럼에도 그녀는 '전날에 들은 그 웃음소리ー젊은 여자의 짤막한 웃음소리'가 흘러나오는 것을 듣는다.

> ⑥ 일주일을 더 묵고 그녀는 서울로 오는 열차를 탔다. 창가에 앉은 그녀는 가게에서 새로 산 줄칼로 골똘히 손톱을 다듬으면서 가끔 창밖을 내다본다. 올 때나 마찬가지로 창밖에서는 푸르게 더럽혀진 사막이 흘러가고 있었으나 그녀는 그 속의 한 풍경을 보고 있었다. 어느 사보텐의 그늘 속에 한 쌍의 남녀가 가지런히 누워 있다. 남자는 그녀가 모르는 얼굴이다. 여자는 사보텐에 가려서 얼굴이 보이지 않는다. 그러자 사보텐의 가시의 저편에서 여자의 짤막한 웃음소리. 손톱 다듬는 손이 저절로 멈춰지고 그녀는 홀린 듯이 그 웃음소리에 귀를 기울인다. 아주 귀에 익고 사무치는 목소리였다. 암암하게 들려오는 소리. 그것은 바로 그녀 자신의 웃음소리였다.[167]

소설의 마지막 장면이다. 가장 인상 깊은 부분이기도 한데, 소설 제목이기도 한 '웃음소리'의 정체에 대한 부연이라고 할 수 있다. 처음 들은 웃음소리는 분명 그 때 숲속 그 자리에서 살아있었다고 생각한 여인이 낸 웃음소리[공]라고 생각했다. 그러나 다시 들려오는 그 웃음소리에 귀를 기울여보니 '바로 그녀 자신의 웃음소리[색]였다.'

이러한 있음과 없음, 즉 색과 공의 뒤섞임을 예문 항목별로 정리해 보면 [표 6]과 같다.

---

167) 최인훈, 최인훈전집 8, 『웃음소리』, 「웃음소리」, 문학과지성사, 2009, 273~274쪽.

168 · 최인훈 소설의 불교적 성격

[표 6]

예문	내용	있음과 없음[色空]의 대상
①	그녀는 살아있지만[색]죽기로[공] 결심한다.	그녀의 삶
	산속 빈터는 비어있어야[공] 했지만 한 쌍이 누워있다[색].	죽을 자리
	죽으러[공] 올라갔으나 살아서[색] 내려온다.	그녀의 죽음
②	또 다시 비어있어야[공] 할 자리를 찾아가지만 남자와 여자가 여전히 누워있다[색].	산속 빈터
③	꿈속에서 그녀 자신이 웃고 있었지만[공] 깨어 생각해보니 빈터에 누워있던 젊은 여자의 짧은 웃음소리였다고[색] 생각한다.	꿈속의 웃음소리
	그녀는 그를 사랑했지만[색] 그는 그녀를 사랑하지 않았다[공].	사랑의 존재
④	현재 연인 한 쌍이 누워있는[색] 그 자리는 예전 그녀와 그가 있었던[공] 자리였다.	연인 한 쌍과, 그녀와 그녀가 사랑했던 그 남자
⑤	살아있다고[색] 봤던 한 쌍은 일주일 전에 죽었다[공].	연인 한 쌍
⑥	실제로는 없었던[공] 웃음소리였는데 결국 사실은 자신의 웃음소리였다는[색] 것을 알아챈다.	죽은 젊은 여자와 그녀의 웃음소리

많은 한국 소설가가 처음에는 단편으로 시작해서 나중에는 장편을 쓰기에 이르는 걸음걸이를 보여준다. 나도 비슷한 길을 걸었다. 말할 것도 없이 단편이 장편에 이르는 과정이라든가, 장편에 비해 쉽다든가 하는 말은 옳지 않다. 써 보면 아는 일이다. 예술의 분야 사이에는 하나가 다른 것의 수단이 된다는 법은 없다. 실은 이 우주 속에 있는 어떤 것도 다른 것을 설명하는 수단이 될 수 없고, 반대로 어떤 것도 그럴 힘이 없다. 예술은 우주의 이 절대적 민주주의, 절대 평등이 실현되는 단 하나의 인간사(人間事)이다. 단편이 단편다우려면, 그것이 분량이 적다는 사실이 자칫 가져오기 쉬운 어떤 손쉬운 느낌을 이겨내야 한다. 같은 목표를 보다 작은 연장을 가지고 이루어 놓아야 하기 때문이다. 이 우주를 머리카락 한 오라기로 달아맬 수 있다면, 그런 기술이야말로 단편의 정신이다.[168]

　　단편소설에서 반전이란 소설의 시작부터 줄곧 일정하거나 단일한 긴장감을 갖고 진행되는 이야기가 마지막 결말에서 그 형국이 뒤바뀌거나 뒤집어짐을 의미한다. 즉 결말 직전까지 효과와 인상의 통일성을 유지하다가 마지막에 반전을 보여주며, 인생의 한 단면을 예리하게 그려내는 것이다. 「웃음소리」가 지닌 가장 큰 단편소설의 기교적 특질이 바로 이 반전 효과다. 이 결코 길지 않은 몇 장으로 이루어진 이야기에서 '그녀'는 삶과 죽음을 오간다.

　　소설은 세 가지 반전을 보여준다. 첫째는 죽음을 작정하고 그 자리

---

168) 최인훈, 최인훈전집 11, 『유토피아의 꿈』, 「우주와 머리카락」 전문, 문학과지성사, 2010, 131쪽. 여기서 말하는 '우주를 머리카락 한 오라기로 달아맬 수 있는' '단편의 정신'은 다음 경전을 연상케 한다. "一一毛端 悉能容受一切世界 而無障碍 各現無量神通之力 敎化調伏一切衆生 (無比 編纂, 『懸吐科目 華嚴經』 중 世主妙嚴品 第八 衆生敎化, 민족사, 1997, 5쪽), 낱낱 털끝에 일체 세계를 다 수용하되 아무런 장애가 없었다. 각각 한량없는 신통력을 나타내서 일체중생을 교화하고 조복하시며(무비 편찬, 『화엄경·1』 중 세주묘엄품 8·중생교화, 민족사, 1995, 27쪽)"

에 찾아갔다가, '새로 산 줄칼로 골똘히 손톱을 다듬으면서', 다시 살겠다는 의지로 돌아온다. 둘째는 자신이 찾아간 자리에서 한 쌍의 연인들이 '살아있다'고 생각했는데 그들은 그녀가 도착하기 오래 전에 이미 '죽어있었던 것'이다. 셋째는 그들이 서로 마주보며 '웃음소리'를 내고 있다고 생각했으나 그 '웃음소리'는 자기의 기억 저편에서 새어나와 자신의 귀에 들렸던 환청이었을 뿐이었다.

이 세 가지 반전 모두 있음과 없음의 합주이고 변주다. 웃음소리와 연인들은 실제로는 없었는데 정작 주인공 그녀는 있다고 굳게 믿었다. 그러나 그들이 '없었다'는 진실에 직면해서는, 죽으려는, 즉 없어지려는 작정은 살고자하는 의지로 바뀌고 만다. 있음[色]은 없음[空]이었고 없고자 했음[空]은 다시 살아있음[色]으로 바뀌었다.

마침내 텅 비어있는 '웃음소리'가 '그녀'를 다시 현실 삶으로 이끌어내었다. 이로써 단편소설 하나가 그에 해당하는 또 하나의 우주를 새롭게 이끌어내어 다시 하나의 생명을 생성하는 모습을 보여준다. 색즉시공 공즉시색의 자그마한 실제이다.

결국 있음과 없음의 차이를 변별할 수 없다는 것, 어느 것도 분명하지 못하다. 이렇게 그 차이가 없다는 공空을 관觀하는 것으로 전과 다름없는 일상으로 돌아간다. 평상심平常心의 열반涅槃이다.

작가가 보여주고자 하는 있음과 없음의 변주를 통해, 삶의 집착이 모두 공空하다는 것을 깨닫는다면 그저 산다는 것 자체가 열반일 수 있다는 진리를 보여주는 것이 소설 속에 감추어진 의지가 아닐까 자문해본다.

III. 맺음말

결 론

　독서, 그 가운데서도 훌륭한 문예작품을 읽는다는 것은 작가가 하고
픈 말을 경청한다는 것 외에도, 작품이 내포한 작가의 또 다른 자아와
맞닥뜨리는 순간을 경험하는 일이다. 그 작품 속 자아는 작가 스스로도
감지하지 못할 수 있는 은밀한 자아이다. 독자의 자아는 작가의 그 내
밀한 자아가 구축해놓은 작품세계에서 그 구조물의 상징과 은유에 공
감하고 공명하는 희열을 맛볼 수 있다. 앞서 살펴온 '최인훈 소설의 불
교적 성격'이라는 관점이란, 바로 '작가의 은밀한 자아'의 일면과 조우
한다는 전제였으며, 그 전제 아래 논지를 펴온 바였다.

　1973년에 이미 '전후 최대의 작가'[1]라는 평가를 받은 최인훈은 그의
일생과 격동의 한국현대사가 그 궤적을 함께 해온 현대 한국문학의 대
표적 작가이다. 그의 소설이 태동한 한국전쟁이 남겨놓은 흔적인 남북
분단은 아직도 그 해결이 요원해보이기만 하기에 그에 대해 수십 년 전
에 내린 평가는 아직도 유효하다고 본다.

　그간의 연구와 평가에서 최인훈은, 월남한 실향민 작가, 이데올로기

---

[1] 최인훈(崔仁勳)은 월남작가(越南作家)들의 기본도식을 이루고 있는 뿌리뽑힌 인
　간이라는 주제를 센티멘털하게 묘사, 그것을 망향의식(望鄕意識)과 결부시키지
　않고, 보편적 인간조건으로 확대시킨 전후 최대의 작가이다. 김윤식·김현, 『한
　국문학사』, 민음사, 1973, 250~251쪽.

적 문제 비판에 천착한 작가, 관념적이고 존재론적인 작가, 혹은 다양한 형식을 실험하는 작가 등으로 규정지어 왔다. 그러나 최인훈의 문학, 구체적으로는 그의 소설 속에서 일관적으로 흐르는 정서나 세계관에 대해서는 특정하지 못해온 것도 사실이다.

그는 지난 50여 년 간, 초기에는 연속적으로, 때로는 한동안 휴지기를 거치면서, 한국문학사에 있어 이정표와 같은 주요한 작품을 내놓았다. 그 소설들에게서 부단히 찾아볼 수 있으며 동시에 점차 심화되어 진화해온 일단의 의식을 포착할 수 있었던 바, 그것은 그의 '불교적 성격 내지는 불교적 염원'이었다.

그의 대표작 『광장』에서는 주인공을 뒤따르는 갈매기들을 죽은 주인공의 가족으로 다시 현신한 '윤회'의 상징으로 인식하였다. 월북한 아버지가 주인공에게는 연좌제의 덫이었다는 부모자식 간에 연기한 '인연'을 비롯하여, 밀실과 광장이라는 이분법에서 '소승과 대승'이라는 개념을, 중립국에서 '중론'의 기본정신을, 고국을 떠나 그 고통스러울 뿐이었던 기억을 되새기며 바다를 건너 서방정토인 '인도—천축'으로 향하는 소설 얼개에서 '반야바라밀다—도피안적 지향'을 알아보았다.
『회색인』과 『서유기』에서는, 혼란했던 한국 근현대사가 드리운 비극적 상황으로 인해 전통이 거의 유실되었음에도, 면면히 이어온 불교적 근간을 추적하여 이미 육화되어 있는 그 전통을 새로운 기치로 세우려는 굳은 의지와 힘찬 주장을 찾아보았다.
『소설가 구보 씨의 일일』에서는, 불가피했던 여러 형태의 피난과, 그 결과가 초래한 실향으로 인하여, 주인공 스스로 필연적으로 빠져들어야 했던 인간세상은 '고해苦海'일 뿐이라는 의식을 분별했다. 나아가 그 의식이 생성되었던 과정과 실제 상존하는 모습을 그려보기도 했다.

『화두』에서는 역사적으로 현실적으로 떠밀려오기만 했던 일생의 기억을 반추함으로써, 그 고해를 헤쳐 '저 언덕'으로 가는 길이 바로 그가 선택한 글쓰기였고, 그 글쓰기는 한 구도자의 문학예술을 통한 수행이었음을 확인하였다.

중편『가면고』는 자아의 참된 얼굴, 즉 열반을 희구하는 한 인물을 통해, 득도하려는 욕망을 포함한 일체의 인간적인 욕망을 버림으로써 그 경지, 해탈을 얻을 수 있다는 가장 기본적인 불교정신이 담겨있음을 이해하였다.

또한『구운몽』에서는 인간의 일생이란 여러 번 꾸는 꿈에 불과하다는 불교적 교훈을 바탕으로 그 여러 꿈이란 인간이 겪을 수 있는 여러 생일 수도 있다는 윤회의 의미를 되새겨볼 수 있었다.

단편「웃음소리」는 생사의 갈림길에서 갈등하는 인물을 등장시켜, 문학 본연의 존재론을 바탕으로 인간의 삶에서 실체와 허상이 어떻게 혼재하는지, 그렇기에 그것들이 어떤 의미를 지니는지에 대한 이야기를 명징하게 풀어보았다.

이런 일련의 소설작품 속에서 찾아본, 불교적인 성격을 갖는 요소들, 혹은 불교적 정서들을 통해서, 그의 대표작『광장』에서부터 시작하여, 자신의 일생이라는『화두』를 풀고자 '문학이라는 돛대에 몸을 묶고', '고해를 헤쳐 저 언덕에 다다르고자 하는 반야바라밀다적 염원', 도피안到彼岸의 항행을 줄기차게 해왔음을 확인하였다.

시대와 장소를 선택해서 일생을 살 수는 없더라도 적어도 자아를 간직한 개인의 최소한 삶을 보장받고자 하는 것이 근대 이후의 인간이다. 주체적인 자기 삶을 영위하고자 했던 작가는 자기가 겪어야 했던 당대

조국의 실제 삶에서 그러한 의지의 발현은 완전히 불가능했고 앞날에서도 거의 그 가능성을 발견하지 못한다. 그가 접할 수 있는 또 다른 세상인 책에 담긴 관념의 세계에서도 한계를 느끼자 그는 자신이 할 수 있는 유일한 행위, 글쓰기에 일생을 투신한다. 그렇기 때문에 그의 글쓰기는 무언가 이룩하려는 것이 아니라 자신에게 닥친 '어질머리'를 풀고자하는 치열한 고행이다.

존재에 대한 본질적 의구심을 해결하기 위해 끝없이 탐구한다는 것, 이는 바로 인간이 자신에게 닥친 인간적인 문제들을 천착하여 해결하고자하는 것이며, 다른 식으로, 즉 불교적으로 표현하자면, 바로 견실하고 끊임없는 수행을 통한 구도求道이다.

인간이란 어느 시대로부터 동떨어진 존재가 아니기 때문에 작가는 일단 자신의 정체성으로 자신의 것이자 동시에 우리의 것인 전통에 기댈 수밖에 없으며, 그 전통을 펼치는 방편으로 불교를 취한다. 작가가 일생에 걸쳐 써왔던 작품 내부에 흐르는 이러한 정서의 조류를 확인한다는 것은 우리 자신에게서도 면면히 간직한 같은 감성과 같이 부딪쳐 울리는 감동이라고 할 수 있다. 그 작품들을 읽으며 글쓴이와 읽는 이 서로 간에 돌아보는 성찰을 통하여 구도를 위한 수행에 동참하고, 그가 걷고 있는 길, 이상향의 땅, 서쪽 정토로 향한 길을 함께 한다.

불교적인 성격이나 불교적 정서는 불교에 대한 넓은 지식이나 깊은 통찰을 기반으로 하는 것은 아니다. 우리가 이 땅에서 태어나 살아오는 동안 체험한 모든 경험에서 저절로 스며들어온 감성이다. 감성은 직관적으로 느껴지는 것이지만 지성은 광대한 지식의 축적을 요구한다고 할 수 있다. 최인훈의 작품이 품고 있는 이러한 감성을 느낄 수 있다면 그것을 바탕으로 더욱 심오한 불교적 철학적 근거들을 제시할 수 있을 것이다. 불경과 불교철학에 관한 광범위한 식견을 통하여 최인훈 소설의 불교성에 대한 깊고 폭넓은 연구를 수행해낼 가능성은 활짝 열려있다.

　요컨대, 불가항력적으로 다가왔던 역사라는 격랑, 그 괴로운 바다에서 무기력한 자아는 단지 부유할 수밖에 없었던 현실, 최인훈은 이러한 인생이라는 고해를 소설쓰기라는 수행의 방법으로 헤쳐 왔던 것이다. 이는 소설쓰기가 곧 모든 고통스러운 기억의 재현이고, 그 재현은 수행의 여정이며, 그 고행의 여정은 그 자체로서 '일체유심조'와 '평상심의 열반'을 이루어가는 것이다.

　작가 최인훈의 초상은, '남북조 시대를 살아가는 한 문학예술가의 초상'[2]이자 구도를 향한 수행자의 초상이고, 동시대 한반도에서 태어나 살아온 우리 한국인의 초상이면서, 인류 역사라는 두터운 사진첩에 한 장으로 남을, 바로 그 초상이다.

---

2) 김병익 · 김현 책임편집, 『최인훈』, 김우창, 「남북조시대(南北朝時代)의 예술가의 초상(肖像)」, 도서출판 은애, 1979, 232~245쪽.

부록

▌ 참고문헌

1. 연구 대상으로 삼은 최인훈의 텍스트

최인훈, 최인훈전집 1,『광장/구운몽』, 문학과지성사, 2010.

_____, 최인훈전집 2,『회색인』, 문학과지성사, 2010.

_____, 최인훈전집 3,『서유기』, 문학과지성사, 2008.

_____, 최인훈전집 4,『소설가 구보 씨의 일일』, 문학과지성사, 2010.

_____, 최인훈전집 5,『태풍』, 문학과지성사, 2009.

_____, 최인훈전집 6,『크리스마스 캐럴/가면고』, 문학과지성사, 2009.

_____, 최인훈전집 7,『하늘의 다리/두만강』, 문학과지성사, 2009.

_____, 최인훈전집 8,『웃음소리』, 문학과지성사, 2009.

_____, 최인훈전집 9,『총독의 소리』, 문학과지성사, 2009.

_____, 최인훈전집 10,『옛날 옛적에 훠어이 훠이』, 문학과지성사, 2009.

_____, 최인훈전집 11,『유토피아의 꿈』, 문학과지성사, 2010.

_____, 최인훈전집 12,『문학과 이데올로기』, 문학과지성사, 2009.

_____, 최인훈전집 13,『길에 관한 명상』, 문학과지성사, 2010.

_____, 최인훈전집 14,『화두 1』, 문학과지성사, 2008.

_____, 최인훈전집 15,『화두 2』, 문학과지성사, 2008.

_____,『달과 소년병』, 세계사, 1989.

_____,『웃음소리』, 책세상, 1990.

_____,『남들의 지붕 밑에서』, 청아출판사, 1992.

_____,『바다의 편지』, 삼인, 2012.

_____,『아기고래』, 삼성당, 2004.

2. 연구논문

가. 석 · 박사학위논문

김기주, 『최인훈 소설 연구』, 동국대학교 박사학위논문, 1999.

김인호, 『崔仁勳 小說에 나타난 主體性 研究』, 동국대학교 박사학위논문, 1999.

박순아, 「최인훈의 『광장』 연구」, 단국대학교 석사학위논문, 2001.

박소희, 「최인훈 소설의 난민의식 연구」, 명지대학교 석사학위논문, 2011.

서은선, 「최인훈 소설의 서사 구조 연구」, 부산대학교 박사학위논문, 2003.

이평전, 「최인훈 소설에 나타난 유토피아 의식 연구」, 동국대학교 석사학위논문, 1996.

이혜정, 「『광장』에서의 '갈매기' 상징고」, 동국대학교 석사학위논문, 1996.

채정상, 「최인훈 소설의 기호학적 분석」, 동국대학교 석사학위논문, 2000.

최현희, 「최인훈 소설에 나타난 '사랑'의 의미 연구」, 서울대학교 석사 학위논문, 2003.

황 경, 「최인훈 소설에 나타난 예술론 연구」, 고려대학교 석사학위논문, 2003.

나. 학술지 논문

김성렬, 「고전의 변용과 구원의 궤도 ― 최인훈의 『구운몽』」, 『고려대학교 어문논집』, 1987.

박남훈, 「최인훈의 소설에 나타난 극적 구조의지」, 『한국문학논총 8 · 9권』, 1987.

박정수, 「최인훈 소설의 환상성」, 『서강어문』, 1999.

배지연, 「최인훈 『크리스마스 캐럴』 연작 연구」, 『한국언어문학 제75집』, 2010.

서은선, 「최인훈 소설 『서유기』의 해체 기법 연구」, 『한국문학논총 제19집』, 1996.

_____, 「최인훈 소설 <광장>의 서사론적 분석」, 『한국문학논총 제29집』, 2001.

_____, 「최인훈 소설과 로브그리예 소설의 비교연구」, 『한국문학논총 제32집』, 2002.

설성경, 「『구운몽』의 본질과 현대 개작의 방향성: 최인훈의 『구운몽』을 중심으로」, 『애산학보』, 1996.

정찬영, 「온달 설화의 현대적 변용 ─ 최인훈 작 <온달>과 <온달설화>의 대비적 고찰」, 『한국문학논총 제27집』, 2000.

조갑상, 「최인훈의 화두 연구」, 『한국문학논총 제31집』, 2002.

차봉준, 「최인훈 <춘향뎐>의 패러디 담론과 역사 인식」, 『한국문학논총 제56집』, 2010.

다. 문학지 평론

권오룡, 「소설가 구보 씨의 생애」, 『동서문학』 1994 여름호, 1994.

_____, 「시간이여, 강낭콩 꽃빛으로 흘러라 ─ 『서유기』의 탈근대적 지향」, 『문학과 사회』(1999, 가을호), 1999.

김윤식, 「순수행위, 운명, 죄인 ─ 최인훈 씨에게」, 『월간문학』(1970, 4), 1970.

_____, 「최인훈론 ─ 성물의 공간」, 『월간문학』(1973, 1∼2), 1973.

_____, 「유죄 판결과 결백 증명의 내력」(최인훈 장편 소설 『화두』, 『세계의 문학』(1994, 여름호), 1994.

_____, 「이명준 ─ 작중인물연구 ─ 개인과 사회」, 『서울대학교 대학신문』(1974년5월20일자), 1974.

_____, 「세 층위의 내면성으로 이루어진 인간」, 김윤식의 문화 산책, 『한겨레신문』, 2014년 3월 3일자.

김주연, 「관념소설의 역사적 당위: 최인훈, 이청준, 박상륭 등과 관련하여」, 『문학정신』, 1992.

우찬제, 「현실의 유형인 · 인식의 세계인, 그 가역반응」(최인훈 장편소설 『화두』, 『세계의 문학』(1994, 여름호), 1994.

정호웅, 「『광장』론 ─ 자기처벌에 이르는 길」, 『시학과 언어학』(2001, 창간
　　　　호), 2001.
조남현, 「『광장』, 똑바로 다시 보기」, 『문학사상』(238호), 1992.
최준호, 「아름다운 언어로 구축된 최인훈 희곡의 연극성」, 『시학과 언어학』
　　　　(2001, 창간호), 2001.

라. 최인훈 특집 평론

■ 『작가세계』, 최인훈 특집, 1990년 봄, 1990.

송재영, 「꿈의 연구」
권영민, 「정치적인 문학과 문학의 정치성」
한　기, 「『광장』의 원형성, 대화적 역사성, 그리고 현재성」
양승국, 「최인훈 희곡의 독창성」
김종회, 「최인훈 문학의 연구현황」
　　　　『「광장」 발간 40주년 기념 최인훈 문학 심포지엄』, 최인훈문학연구
　　　　　　회, 2001.
정호웅, 「『광장』을 다시 읽는다」
정과리, 「최인훈 소설의 전개 과정」
최준호, 「아름다운 언어로 구축된 최인훈 희곡의 연극성」
김인호, 「최인훈 문학의 내면성과 실험성」
김태환, 「문학은 어떤 일을 하는가: 최인훈의 문학론」

■ 『작가연구』, 최인훈 특집, 2002년 하반기, 2002.

김인호, 「'최인훈 연구'의 현황과 향후과제」
서은주, 「환상, 새로운 질서 세우기의 욕망」
하정일, 「탈식민 서사와 식민적 무의식」
양진오, 「소설가 소설의 한국적 모델의 완성과 계승」
이종대, 「최인훈 희곡의 극언어」
양윤모, 「지식인 작가와 현실에 대한 냉철한 분석」

이상갑, 「식민국과 신민지의 이분법을 넘어서」
김한식, 「한 근대 지식인의 고전 읽기」
장수익, 「회의적 주체와 타자에 대한 사랑」

마. 작품 해설

김치수, 「냉혹한 외부 현실묘사를 통한 섬뜩한 아픔의 상처」, 『달과 소년병』,
　　　세계사, 1989.
박덕규, 「구원 없는 세대의 구원」, 『웃음소리』, 책세상, 1990.
오인영, 「최인훈의 사유에서 역사의 길을 만나다」, 『바다의 편지』, 삼인,
　　　2012.
조남현, 「자아완성 혹은 구원에의 몸짓」, 『달과 소년병』, 세계사, 1989.
한　기, 「최인훈의 볼만한 소설들」, 『남들의 지붕 밑에서』, 청아출판사, 1992.

3. 단행본

가. 최인훈 연구서(박사학위논문)

김기우, 『I(−i−i) 이론의 구조 − 최인훈 예술론 연구』, 제이앤씨, 2009.
김미영, 『최인훈 소설 연구』, 깊은샘, 2005.
김성렬, 『최인훈의 패러디 소설 연구』, 푸른사상, 2011.
김욱동, 『「광장」을 읽는 일곱 가지 방법』, 문학과지성사, 1996.
김인호, 『해체와 저항의 서사, 최인훈과 그의 문학』, 문학과지성사, 2004.
김　향, 『최인훈 희곡 창작의 원리』, 보고사, 2005.
서은선, 『최인훈 소설의 서사 형식 연구』, 국학자료원, 2003.
연남경, 『최인훈의 자기 반영적 글쓰기』, 혜안, 2012.
우현철, 『최인훈 희곡의 내면세계』, 연극과인간, 2013.
이연숙, 『최인훈, 흰 겉옷 검은 속살』, 한국학술정보, 2008.

정영훈, 『최인훈 소설의 주체성과 글쓰기』, 태학사, 2008.
조보라미, 『최인훈 희곡의 연극적 기법과 미학』, 연극과인간, 2011.

나. 최인훈 연구 평론집

김병익 · 김현 책임편집, 『崔仁勳』, 도서출판 은애, 1979.
이태동 편, 『최인훈』, 한국문학의 현대적 해석 19, 서강대학교 출판부, 1999.
정재림 엮음, 『최인훈, 문학을 '심문(審問)'하는 작가』, 글누림, 2013.

다. 연구방법론 참고문헌

■ '주제비평' 또는 '제네바 학파'에 관한 참고도서

김붕구 옮김, 『현대비평의 이론』, 홍성사, 1985.
김치수 · 이형식 외, 『현대문학비평의 방법론』, 서울대학교 출판부, 2005.
김 현, 『제네바 학파 연구』, 문학과지성사, 1986.
김화영 편역, 『프랑스 현대비평의 이해』, 민음사, 1984.
마르셀 레몽 저 · 김화영 역, 『프랑스 현대시사』, 문학과지성사, 1983.
이형식, 『마르셀 프루스트 ― 희열의 순간과 영원한 본질로의 회귀』, 민음사,
          1984.
_____, 『프루스트의 예술론』, 서울대학교 출판부, 1997.
_____, 『감성과 문학』, 서울대학교 출판부, 1998.

■ 불교 관련 참고문헌

가지야마 유이치 지음 · 김성철 옮김, 『공 입문』, 동국대학교 출판부, 2007.
교양교재편찬위원회 편, 『불교문화사』, 동국대학교 출판부, 2003.
_____, 『불교학개론』, 동국대학교 출판부, 2009.
김무봉, 『반야바라밀다심경언해』, 세종대왕기념사업회, 2009.
김선학, 『범부의 문학과 불교주변』, 동국대학교부설 역경원, 1991.

김성철,『중론, 논리로부터의 해탈 · 논리에 의한 해탈』, 불교시대사, 2008.

_____,『불교 초보 탈출, 100문 100답』, 불광출판사, 2009.

김종서,『부처님 말씀대로 가르치세요』, 여시아문, 1999.

동국대학교 불교문화대학 불교교재편찬위원회편,「불교사상의 이해」, 불교시
　　　　대사, 2010.

동국대학교 문화학술원 한국문학연구소 편,『불가의 글쓰기와 불교문학의 가
　　　　능성』, 동국대학교출판부, 2010.

무비스님,『임제록 강설』, 불광출판사, 2005.

_____,『화엄경』, 민족사, 1997.

용수보살저 · 청목석 · 구마라십 한역 · 김성철 역주,『중론』, 경서원, 1993.

_____ · 김성철 역주,『회쟁론』, 경서원, 1999.

이　만,『생활 속의 불교』, 동국대학교 경주캠퍼스 정각원, 2002.

쫑카빠 지음 · 양승규 옮김,『보리도차제약론』, 도서출판 시륜, 2006.

초펠 편역,『티벳스승들에게 깨달음의 길을 묻는다면, 람림』, 하늘호수, 2005.

홍기삼,『불교문학의 이해』, 민족사, 1997.

■ 그 외 참고문헌

곽　근,「유진오와 이효석의 전기소설 연구 ─ 동반자작가 논의를 중심으로─」,
　　　　성균관대학교 대학원, 국문과 박사학위논문, 1986.

_____,『최서해전집 · 상』, 문학과지성사, 1994.

_____,『최서해전집 · 하』, 문학과지성사, 1995.

_____,『최서해 작품, 자료집』, 국학자료원, 1997.

김기옥 등,『한국전쟁휴전사』, 국방부전사편찬위원회, 1989.

김선학,「한국 현대시의 시적 공간에 관한 연구」, 동국대학교 대학원 국문과
　　　　박사학위논문, 1989.

김숙자,「중국 불교의 효 사상에 관한 연구」, 계명대학교 대학원 철학과 석사
　　　　학위논문, 2008.

김시습 저 · 김경미 옮김,『금오신화』, ㈜웅진싱크빅, 2010.

김윤식 · 김현, 『한국문학사』, 민음사, 1973.
서울대학교 동아문화연구소편, 『국어국문학사전』, 신구문화사, 1980.
서중석, 『사진과 그림으로 보는 한국 현대사』, ㈜웅진싱크빅, 2005.
윤석성, 『님의沈默』 연구』, 지식과교양, 2011.
일연 저 · 김원중 옮김, 『삼국유사』, 민음사, 2010.

국립국어원, 『표준국어대사전』, http://www.korean.go.kr/
동국역경원, 『불교사전』, http://www.tripitaka.or.kr/

최인훈 연보(2014년 4월 19일 현재)

년도	주요 사건
1936(1세)	─ 4월 13일, 함북 회령에서 목재상인 최국성과 어머니 김경숙 사이에서 4남 2녀의 장남으로 출생.
1943(8세)	─ 회령북국민학교에 입학. ─ 1947년(5학년 1학기)까지 다님.
1945(10세)	─ 해방 후 소련군의 진주로 세워진 공산정권에 의해 부친은 부르주아지로 분류되어 다른 지역으로 이주를 할 결심.
1947(12세)	─ 부친을 따라 함남 원산으로 이주. ─ 부친은 원산제재공장에 취직. 당시 학제는 9월에 신학년이 시작되었는데, 최인훈은 학년을 뛰어넘어 원산중학교 2학년에 입학.
1950(15세)	─ 원산중을 졸업 후 원산고 재학 중 6·25가 발발하고 10월부터 시작된 국군 철수를 따라 12월 원산항에서 해군함정 LST편으로 전 가족이 월남. ─ 1개월 정도 부산의 피난민 수용소를 거쳐 외가 쪽 친척이 있는 목포로 이주.
1951(16세)	─ 목포고등학교에 입학하여 1년 동안 다님.
1952(17세)	─ 다시 피난 수도인 부산으로 돌아와 서울대 법대 입학. ─ 아버지가 영월의 중석 광산에서 제재소 일을 하였기 때문에 가족

	모두 강원도에서 살았으나 그는 학교 문제로 혼자 부산에서 지냄. — 여기서 그는 자신의 최초 작품인 「두만강」을 집필.
1955(20세)	— 『새벽』지에 잡지 책임추천 형식으로 시 「수정」이 추천됨.
1956(21세)	— 마지막 학기를 남기고 대학 중퇴.
1957(22세)	— 군에 입대하여 1963년까지 6년간 통역장교로 근무. 이후 1963년까지 중위로 복무하면서 문단활동을 시작.
1959(24세)	— 「그레이Grey 구락부 전말기」(『자유문학』 10월)를 발표하면서 등단. — 이어서 「라울전」(『자유문학』 12월)이 안수길에 의해 추천되어 공식적으로 소설가의 자격을 얻음.
1960(25세)	— 「9월의 다알리아」(『새벽』 1월), 「우상의 집」(『자유문학』 2월), 「가면고」(『자유문학』 7월)를 발표하고, 「광장」(『새벽』 11월)을 발표하면서 문단의 주목을 받고 작가 역량을 인정받음.
1961(26세)	— 『광장』(정향사) 단행본 출간. — 「수囚」(『사상계』 7월) 발표.
1962(27세)	— 「구운몽」(『자유문학』 4월), 「열하일기」(『자유문학』 7~8월), 「7월의 아이들」(『사상계』 7월) 발표.
1963(28세)	— 육군중위로 4월 예편. — 「크리스마스캐럴·1」(『자유문학』 6월), 「금오신화」(『사상계』 문예증간호, 11월), 「회색인」(『세대』 6월~1964년 6월까지 연재) 발표.

1964(29세)	― 「크리스마스캐럴 · 2」(『현대문학』 12월), 「전사연구」(전사에서, 『여성』) 발표.
1965(30세)	― 평론 「문학은 현실 비판이다」(『사상계』 10월) 발표.
1966(31세)	― 「놀부뎐」(『한국문학』 봄호), 「웃음소리」(『신동아』 1월), 「크리스마스캐럴 · 3」(『세대』 2월), 「크리스마스캐럴 · 4」(『현대문학』 3월), 「국도의 끝」(『세대』 5월), 「크리스마스캐럴 · 5」(『한국문학』 여름호), 「정오」(『현대문학』 10월) 발표. ― 「서유기」(『문학』 6월) 연재 시작. ― 「웃음소리」로 제11회 동인문학상 수상.
1967(32세)	― 「춘향뎐」(『창작과 비평』 6월), 「총독의 소리 · 1」(『신동아』 2월), 「총독의 소리 · 2」(『월간중앙』 8월), 발표. ― 단편집 『총독의 소리』(홍익출판사) 간행.
1968(33세)	― 「총독의 소리 · 3」(『창작과 비평』 겨울호), 산 「주석의 소리」(『월간중앙』 4월), 산문 「공명」(『월간중앙』 4월) 발표.
1969(34세)	― 「옹고집뎐」(『월간문학』 6월), 「온달」(『현대문학』 7월), 「열반의 배」(『현대문학』 9월), 발표. 「소설가 구보 씨의 일일 · 1」(『월간중앙』 12월),
1970(35세)	― 「소설가 구보씨의 일일 · 2」(『창작과 비평』 봄호), 「두만강」(『월간중앙』 7월), 「소설가 구보씨의 일일 · 3」(『신상』 12월), 「낙타섬까지」(『월간문학』 12월), 「하늘의 다리」(『주간한국』 연재) 발표. ― 평론집 『문학을 찾아서』(현암사) 간행. ― 희곡 「어디서 무엇이 되어 만나랴」(『현대문학』) 발표. ― 11월 17일 신문회관 3층에서 이헌구 선생의 주례로 원춘삼 씨의 장녀 원영희 씨와 결혼.
1971(36세)	― 「소설가 구보 씨의 일일」을 「갈대의 사계」라는 제목으로 고쳐 『월간중앙』에 8월~72년 7월까지 연재.

	―「무서움」(『문학과 지성』9월), 『서유기』(을유문화사) 간행.
1972(37세)	―『소설가 구보 씨의 일일』(삼성출판사) 간행.
1973(38세)	― 장편소설『태풍』(『중앙일보』)연재. ― 미국 아이오아 대학의 <세계 작가 프로그램(IWP)>의 초청으로 9월 미국으로 가서 4년간 체류. ― 김소운의 번역으로『광장』(일문판)을 일본의 동수사에서 출간. ― 김현·김윤식의『한국문학사』에서 '전후 최대의 작가'라 는 평가를 받음.
1976(41세)	― 미국에서 5월 귀국. ―「옛날 옛적에 휘어이 휘이」(『세계의 문학』창간호), 「총독의 소리·4」(『한국문학』8월) 발표. ―『최인훈 전집』(문학과 지성사) 간행 시작. ― 극단「산하」에서「옛날 옛적에 휘어이 휘이」를 최초로 공연.
1977(42세)	―「봄이 오면 산에 들에」(『세계의 문학』봄호) 발표. ―『역사와 상상력』(민음사) 간행. ―「옛날 옛적에 휘어이 휘이」로 한국 연극영화예술상 희곡상 수상. ― 서울예술전문대학 교수(2001년까지) 취임.
1978(43세)	―「둥둥 낙랑둥」(『세계의 문학』여름호), 「달아 달아 밝은 달아」(『세계의 문학』가을호) 발표. ―「옛날 옛적에 휘어이 휘이」로 제4회 중앙문화대상 예술부문 장려상 수상.
1979(44세)	― 3월 미국 뉴욕주 브록포드 대학의 연극부에서 이 대학의 조오곤 교수 번역으로「옛날 옛적에 휘어이 휘이」공연, 원작자 자격으로 초청되어 2월 미국에 감. ― 7월『최인훈 전집』이 문학과 지성사에서 완간. ― 산문「원시인이 되기 위한 문명한 의식」(『문예중앙』겨울호) 발표.

	— 「서울시 문화상」(문학부문) 수상. — 「달아 달아 밝은 달아」로 서울극평가그룹상 수상.
1980(45세)	— 『왕자와 탈』(문장사) 간행. — 『하늘의 다리』(고려원) 간행. — 산문 「상황의 원점」(『문학과 지성사』 봄호) 발표.
1981(46세)	— 『느릅나무가 있는 풍경』(민음사) 간행. — 김현과의 대담 「변동하는 시대의 예술가의 탐구」(『신동아』 9월) 발표.
1982(47세)	— 희곡 『한스와 그레텔』(문학예술사) 출간. — 산문 「광장의 이명준」(『정경문화』 6월) 발표.
1987(52세)	— 4월 미국 뉴욕의 <범아시아 레퍼토리> 극단에서 공연하는 「옛날 옛적에 휘어이 휘이」의 참관 차 미국에 감.
1988(53세)	— 「길에 관한 명상」(한진그룹 사보 『길』), 「광장의 주인공 이명준에 대한 생각」(『월간중앙』 6월), 「도버의 흰 절벽」(『씨네마』 10월) 등의 산문 발표.
1989(54세)	— 창작선집 『달과 소년병』(세계사) 간행. — 산문집 『길에 관한 명상』(청하출판사) 간행. — 창작선집 『웃음소리』(책세상) 간행. — 『회색인』(영어판)을 시사영어사에서 간행.
1990(55세)	— 문학예술론집 『꿈의 거울』(우신사) 간행.
1992(57세)	— 단편선집 『남들의 지붕 밑에서』(청아출판사) 간행. — 『봄이 오면 산에 들에』(프랑스어판) 출간.

1993(58세)	— 러시아 여행.
1994(59세)	— 장편소설 『화두』(1, 2권)를 민음사에서 간행. — 『광장』 프랑스어판(Acres Sud) 출간. — 러시아를 두 번째 여행하고 「봄이 오면 산에 들에」 모스크바 공연을 참관. — 『화두』로 제6회 이산문학상 수상.
1996(60세)	— 최인훈 연극제가 열림. — 『광장』 100쇄 간행 기념회가 프레스센터에서 열림.
2001(65세)	— 『광장』 40주년 기념 고급 장정본 2,000부 한정판으로 출간. — 4월 13일, 『광장』 발간 40주년 기념 '최인훈 문학 심포지엄'이 세종문화회관에서 개최됨. — 서울예술대학 문예창작학과 교수를 정년퇴임하고 명예교수로 취임. — 5월 19일, 서울예술대학 동랑예술극장에서 정년퇴임 고별 강연.
2002(66세)	— 『화두』를 수정 보완하여 문이재에서 출간.
2011(75세)	— 10월 29일, 제1회 박경리문학상 수상.
2014년 4월 16일 현재, 경기도 고양시 화정동 거주.	

■ 참고문헌
— 권영민 편저, 한국현대문학사연표 (I)—시 · 소설—, 서울대학교 출판부, 1987.
— 권영민 편, 한국현대문학대사전, 서울대학교 출판부, 2004.
— 김미영, 최인훈 소설 연구, 깊은샘, 2005, 319~322쪽.
— 『작가연구』, 최인훈 특집, 2002년 하반기, 2002, 217~221쪽.

찾아보기

≪인명≫

≪서명≫

<논설 및 문건자료>

<잡지 및 도서류>

최인훈 소설의 불교적 성격

초판 1쇄 인쇄일	| 2014년 12월 14일
초판 1쇄 발행일	| 2014년 12월 15일

지은이	| 김상수
펴낸이	| 정구형
편집장	| 김효은
편집/디자인	| 김진솔 우정민 박재원 윤혜영
마케팅	| 정찬용 정진이
영업관리	| 한선희 이선건 허준영 홍지은
책임편집	| 우정민
표지디자인	| 윤혜영
인쇄처	| 월드문화사
펴낸곳	| **국학자료원**

등록일 2006 11 02 제2007-12호.
서울시 강동구 성내동 447-11 현영빌딩 2층
Tel 442-4623 Fax 442-4625
www.kookhak.co.kr
kookhak2001@hanmail.net

ISBN	| 978-89-279-0876-0 *93800
가격	| 17,000원